검은 천사

검은 천사 6
임영기 장편소설

초판 1쇄 찍은 날 § 2016년 7월 13일
초판 1쇄 펴낸 날 § 2016년 7월 20일

지은이 § 임영기
펴낸이 § 서경석

편집책임 § 이지연

펴낸곳 § 도서출판 청어람
등록번호 § 제387-1999-000006호
등록일자 § 1999. 5. 31
어람번호 § 제1-2483호

주소 § 경기도 부천시 원미구 부일로 483번길 40 서경B/D 3F (우) 14640
전화 § 032-656-4452 팩스 § 032-656-4453
http://www.chungeoram.com
E-mail § chungeorambook@daum.net

ISBN 979-11-04-90890-3 04810
ISBN 979-11-04-90701-2 (세트)

6

밀림 사투

검은
천사

FUSION FANTASTIC STORY

임영기 장편소설

도서출판
청어람

차례

C O N T E N T S

검은
천사

제37장
암살부대

연길 밤거리를 달리고 있는 레인지로버 안에서 여자들의 울음소리가 터져 나왔다.

레인지로버 뒷자리에 앉아 있는 재희와 향미, 그리고 정필이 미미치에서 구한 2명의 여자는 예화툰을 출발하고 얼마 지나지 않아 갑자기 울음을 터뜨렸다. 지옥에서 빠져나온 기쁨의 울음이다.

정필이 미미치 지하실에서 구한 윤영주는 레인지로버에 태운 이후 정신을 잃어서 맨 뒷자리에 두툼한 담요를 덮은 뒤 눕혀놓았다.

뒷자리가 부족해서 다혜는 조수석의 정필 허벅지 위에 앉았다. 그녀는 왼쪽 어깨 뒤와 허벅지를 칼에 베었고 몽둥이로 머리와 등, 옆구리를 맞았다.

칼에 베인 상처는 심하지 않아서 그나마 다행이지만 몽둥이에 맞은 머리는 깨져서 계속 피가 흘렀다.

하지만 다혜는 상처보다도 자신이 혹사파 같은 형편없는 건달들에게 당했다는 사실 때문에 자존심에 더 큰 상처를 입었다.

정필은 다혜의 가느다란 허리를 팔로 감아서 안고 있을 뿐 아무 말도 하지 않았다.

괜찮으냐, 아프지 않으냐는 식의 말은 그녀의 자존심에 더 상처를 낼 뿐이기 때문이다. 어떤 형태의 위로도 지금의 그녀에겐 불필요했다.

한참 울고 난 여자들 중에 향미가 물었다.

"이자 우리는 어케 되는 거임까?"

김길우가 운전을 하면서 설명해 주었다.

"당신들 모두 무엇을 하든지, 어디를 가든지 자유임다. 그렇지만 이자부터는 우리의 보호를 받으면서 있는 거이 안전할 겁니다."

김길우는 그녀들이 안전한 장소에서 생활할 수 있으며, 중국 공민증을 발급받게 될 것이고, 원하는 사람은 대한민국으로 보내줄 수도 있다고 설명했다.

"우린 꽤 많은 탈북자를 대한민국으로 보냈습다."

여자들은 중국에서 오래 생활했었기 때문에 대한민국에 대해서 잘 알고 있어서 이구동성 대한민국에 가고 싶다고 목소리를 높였다.

"기래도 북조선에 두고 온 가족이 걱정임다. 저는 부모님 다 돌아가시고 북조선에 언니하고 조카, 둘밖에 없습다."

겨우 눈물을 그쳤던 향미가 그 말을 하고 나서 다시 울기 시작했다.

"지금쯤 고조 언니하고 조카는 굶어 죽었을 거임다. 제가 중국으로 나올 때 언니하고 조카는 발써 나흘을 굶었는데… 저는 먹을 걸 구해서리 언니한테 가려고 했는데 인신매매에 붙잡히는 바람에……."

재희와 2명의 여자는 대한민국에 가서 정착하여 돈을 많이 번 다음에 북한에 있는 가족들을 돕거나 데리고 나오겠다고 입을 모았다.

그렇지만 향미는 북한에 남아 있는 언니와 조카의 생사를 확인하기 전에는 아무것도 할 수 없다면서 울음을 그치지 않았다.

갑자기 재희가 풀이 죽어서 조그만 목소리로 중얼거렸다.

"그런데 우리는 예화란 말임다. 우리 같은 여자들도 남조선에 갈 수 있는 거임까?"

예화란 창녀를 뜻한다. 재희의 말은 자기들 같은 창녀도 대한민국에 갈 수 있느냐는 것이다.

정필이 앞창 밖을 응시하면서 진지하게 말했다.

"당신들이 어디에서 무엇을 했는지는 아무도 모를 겁니다. 우린 당신들에 대해서 절대 입 밖에 내지 않을 겁니다. 그러니까 당신들도 그런 내색을 하지 말고 평범하게 생활하도록 하십시오."

"길티만 사람들하고 어울리다 보면 어카든 알게 될 거이 아임까?"

"당신들이 말을 하지 않는 한 알지 못할 겁니다. 그런데 어째서 당신들이 왜 더럽다고 생각하는 겁니까?"

"남정네들하고 그거를 많이 했으니끼니 더러운 거 아임까?"

"섹스를 많이 한 여자는 더러운 겁니까?"

"우리는 돈을 받고 그거를 했다는 말임다."

재희는 감기에 걸려서 열이 오르고 기침을 하고 있지만 그것보다는 마음이 더 괴로운 것 같았다.

"당신들이 원해서 한 게 아닙니다. 그리고 당신들보다 더 험한 일을 겪은 탈북 여자가 많습니다."

하지만 재희는 믿으려고 들지 않았다.

"말도 안 됨다. 세상천지에 우리보다 더 더러운 여자가 어디에 있갔슴까? 선생님은 그런 말로 우리를 위로하려고 하지 마시라요."

운전하는 김길우가 꾸짖는 듯한 말투로 언성을 높였다.

"인신매매당해서 룸싸롱에서 술 팔고, 몸 팔고, 중국 시골 구석에 떼놈한테 팔려가서리 여러 형제들한테 공동 마누라 노릇하고, 그리고 이놈 저놈한테 강간당하고, 모녀가 한 형제한테 팔려가서리 한집에 살면서 동서지간이 되는 거이는 어케 생각하오?"

"……."

재희와 향미들은 놀란 표정을 가득 지을 뿐 아무 말도 하지 못했다.

"우린 북조선 여자들 구하면서 말이오. 당신들보다 더 험한 지경에서 죽지 못해서 겨우겨우 사는 여자들 많이 봤다는 말이오."

재희들은 김길우가 말한 여자들의 처지가 자신들보다 조금도 나을 것이 없다는 사실을 깨닫고는 놀라면서도 반박하지 못했다.

김길우는 핏대를 올렸다.

"중국에 넘어온 북조선 에미나이 중 열에 여덟은 여기저기 팔려가서리 말도 못 하는 험한 꼴을 당하면서 살았소. 기니끼니 여러 말 하지 말고 입 꾹 닫고 있기요."

다들 상처 입은 여자들끼리 내 상처가 더 크고 깊으니, 뭐니 따지지 말라는 얘기라는 걸 재희들이 알아듣지 못했을 리가 없다.

정필은 윤영주를 안고 다혜를 데리고 평화의원에 올라갔다.

정필이 입원시키려고 하자 다혜는 결국 상처 난 자존심이 터져 버렸다.

"이까짓 걸 상처라고 지금 절 입원시키려는 겁니까?"

"강 선생님 의견에 따릅시다."

정필은 다혜의 상처를 강명도에게 보이고 그가 하라는 대로 하자고 권했다.

강명도는 다혜의 상처를 살펴보더니 생각할 것도 없다는 듯이 잘라 말했다.

"입원하게."

다혜는 발끈해서 소리쳤다.

"이 의사 돌팔이 아닙니까?"

강명도를 처음 만나는 다혜는 눈빛만으로도 그를 죽일 것처럼 노려보았다.

강명도는 기분 나쁜 얼굴로 정필에게 물었다.

"이 개두살이는 뉘기야?"

은애도 다혜더러 개두살이라고 했는데 강명도는 보자마자

개두살이라고 일침을 가했다.

정필은 쓸쓸한 표정을 지었다.

"김낙현 씨 동료입니다."

"그래?"

강명도는 아무렇지도 않은 얼굴로 다혜의 팔뚝에 주사 한 대를 놓았다.

"낙현이 요즘 바쁘나? 통 얼굴을 못 보았군."

다혜가 의아한 표정을 지었다.

"주임님을 잘 압니까?"

"내 친구다."

"……."

다혜가 가장 존경하는 사람이 김낙현인데 그가 친구라는 말에 그녀는 찔끔했다.

"저 여자는 어케 된 거인가?"

강명도가 한쪽 병상에 눕혀져 있는 윤영주를 보며 물었다.

"매를 맞고는 감금되어 있었습니다. 강 선생님께서 잘 보살펴 주십시오."

강명도는 정필의 어깨를 두드렸다.

"무엇보다도 자네 건강을 챙기는 거이 우선이야."

"알겠습니다."

강명도는 의자에 앉아 있는 다혜를 턱으로 가리켰다.

"이 개두살이 입원실로 옮겨주게."

정필이 다가가자 다혜가 앉은 채 눈을 반쯤 감고 상체를 흔들거리면서 중얼거렸다.

"입원… 안 한다니까요……."

그녀는 강명도를 보며 인상을 썼다.

"돌팔이… 조금 전에 나한테… 무슨 주사 놓은 거지……?"

강명도는 다혜를 안은 정필의 앞에서 입원실로 향했다.

"개두살이는 염려 말게. 난리 피우면 이런 식으로 마취시키면 되니까."

"이… 돌팔이가… 날……."

다혜는 뭐라고 중얼거리다가 정필 품에 축 늘어지면서 잠이 들었다.

정필이 나오려는데 강명도가 넌지시 말해주었다.

"경미가 돌아온다네."

정필은 여동생 선희에게 이미 그 사실을 들었다.

선희가 지인들을 통해 몇 군데 병원에 소개를 해서 경미가 대한민국에서 간호사로 취직하는 일은 어렵지 않을 것 같았다. 그런데 전혀 예상하지 않았던 문제가 튀어나왔다.

대한민국에 간 지 보름 남짓밖에 되지 않은 경미가 덜컥 향수병에 걸린 것이다.

선희와 정필네 가족이 아무리 위로하고 잘 보살펴 줘도, 경미가 걸린 집과 가족을 그리워하는 지독한 향수병을 달래주지는 못했다.

강명도는 딸이 대한민국에서 취직을 하지 않고 돌아온다는 사실에 몹시 기분이 좋아보였다.

"서울에 있는 꽤 유명한 병원에 취직이 될 것 같다는데 경미 야가 그만두고 온다고 하는군."

"아무래도 가족하고 함께 있는 게 좋겠죠."

"자네 가족이 여러모로 힘써 주셨는데 그거이 미안해서 어떻게 하나?"

말은 그렇게 하면서도 강명도의 얼굴에는 미소가 넘쳤다.

서동원이 직접 운전하는 버스가 흑천상사 뒷문을 통해서 컴컴한 마당으로 들어섰다.

영실과 소영, 송이는 김길우의 전화를 받고 마당의 불을 끈 채 나와서 미리 기다리고 있었다.

"어서 오기요."

"하이고… 고생 많았슴다."

영실과 소영, 송이는 버스에서 내리는 여자들을 반갑게 맞이하여 흑천상사 건물 3층으로 안내했다.

원래 흑천상사는 5층 건물 전체를 사무실로 사용했었지만 정필이 대대적으로 내부 리모델링을 해서 여러 채의 아파트로 탈바꿈시켰다.

건물 1층 전부는 흑천상사 자동차 전시장으로 쓰고 있으며, 2층은 여러 채의 살림집으로 만들어서 김길우를 비롯한 서동원, 이범택, 노장훈, 안지환 등 흑천상사 직원의 가정집으로 사용하고 있는데, 3층부터 5층까지가 탈북자들을 위한 공간이다.

이 건물은 원래 도로 쪽에 위층으로 올라가는 입구가 하나 있었지만 리모델링 공사를 하면서 막아버리고 뒤쪽 마당에서만 출입할 수 있도록 했다.

3층부터 5층까지는 각 층마다 12개씩, 총 36개의 각각 다른 크기의 아파트가 있다.

크기는 15~30평 정도이며 넉넉한 크기의 방 2~3칸과 거실, 주방, 욕실이 구비되어 있어서 한 가족이나 두 가족이 아무 불편 없이 생활하기에 적당했다.

3층에는 먼저 온 탈북자들이 생활하고 있었다. 정필과 다혜 등이 지난 5일 동안 길림성과 흑룡강성 구석구석을 뒤져서 구해낸 탈북녀 34명이다.

그녀들은 예화툰에서 온 여자들을 진심으로 기쁘게 반기며 맞아주었다.

이곳에 먼저 와 있던 여자들은 흑천상사 사람들이 백화점에서 사다준 옷을 입고 있어서 지금 당장 연길 아무 곳에 데려다 놔도 전혀 손색이 없는 모습이다.

그렇지만 지금 막 예화툰에서 온 여자들은 입고 있는 그대로 버스를 타고 왔기 때문에 하나같이 알록달록한 드레스를 입은 채 추위에 덜덜 떨고 있었다.

그런 모습인데도 먼저 온 여자들은 그녀들에게 아무것도 묻지 않고 앞다투어 손을 잡고 이제부터 살게 될 아파트를 소개해 주는 등 따뜻하게 대해주었다.

뚜르르르—

영실이 바쁘게 예화툰 여자들에게 아파트를 지정해 주고 있을 때 주머니의 휴대폰이 울렸다.

"아! 정필 씨."

정필의 전화를 받은 영실은 복도를 바삐 오가는 여자들을 둘러보면서 누군가를 불렀다.

"오주희 씨!"

3일 전에 이곳에 온 오주희는 예화툰에서 온 여자들 사이를 바쁘게 오가면서 누군가를 찾고 있다가 영실이 자신의 이름을 부르자 급히 달려왔다.

"제가 오주희입니다!"

오주희는 정필이 자신의 여동생 오재희를 구하러 어제 떠났다가 아직까지 돌아오지 않아서 초조하게 애를 태우고 있다가 난데없이 수십 명의 여자가 쏟아져 들어오니까 그녀들 속에서 재희를 찾느라고 정신이 없었다.

"송아! 주희 씨 데리고 마당으로 내려가서리 정필 씨 기다리다가 문 열어드리라!"

영실은 자신과 소영보다 덜 바쁜 송이에게 오주희를 맡겼다.

오주희는 '정필 씨를 기다리라'는 말에 잔뜩 기대 어린 표정을 지었다.

"제 동생 재희를 찾았담까?"

영실이 빙그레 미소 지었다.

"내려가 보기요."

"아아……."

오주희는 벌써부터 눈물을 펑펑 흘리면서 송이보다 더 빨리 계단으로 달려갔다.

정필이 탄 레인지로버가 흑천상사 앞에 이르러 뒷문으로 가려고 골목길로 꺾어 들어갔다.

송이가 안에서 빗장을 풀어 문을 열기를 기다리는 동안 정필이 뒷자리의 향미에게 불쑥 물었다.

"향미 씨, 고향이 어딥니까?"

정필은 아까 향미가 언니와 조카에 대해서 얘기했을 때 뭔가 확인을 해봐야겠다고 생각했었다.

"무산임다."

정필의 짐작이 조금씩 맞아떨어지고 있다.

"향미 씨 몇 살입니까?"

"23살임다."

"언니 나이가 몇입니까?"

향미는 잠시 생각하다가 대답했다.

"올개(올해) 36살일 거임다. 저하고는 나이 차이가 많아서리 저한테는 아매 같은 언니야임다."

순간 정필의 머리에 36살 나이에 고향이 무산이고 딸이 하나 있는 어떤 여자의 모습이 떠올랐다.

우웅…….

문이 열리고 레인지로버가 흑천상사 마당으로 들어서자 밝은 헤드라이트 불빛에 티셔츠 차림의 한 여자가 서 있는 모습이 비춰졌다.

"재희 씨, 저 사람 누군지 압니까?"

"옴마야……!"

재희는 불빛 앞에 서 있는 오주희를 발견하고 목이 콱 막혀서 비명처럼 탄성을 터뜨리고는 말을 잇지 못했다.

척!

정필이 내려서 뒷문을 열어주자 재희가 급하게 서두르면서 내리려다가 굴러떨어지려는 것을 정필이 붙잡아서 잘 내려주었다.

"흐어엉! 재희야!"

달려온 오주희가 재희를 알아보고 울부짖었다.

"언니야! 언니야! 으허엉!"

"어흐윽! 재희야! 을매나 고생이 많았니야? 어이구, 재희야! 언니가 잘못했다이……!"

자매는 서로 부둥켜안고 몸부림을 치면서 악을 쓰며 울었다.

정필과 김길우, 서동원은 그 모습을 바라보면서 빙그레 미소를 지었다.

마음이 여린 김길우는 자매의 상봉을 지켜보다가 흘린 눈물을 얼른 소매로 닦으면서 정필을 쳐다보았다.

"저 모습을 보니까니 그동안의 피로가 싹 가십다."

서동원도 한 마디 거들었다.

"내가 이렇게 훌륭한 일을 하는 데 조금이나마 도움이 되다이 참말 꿈만 같슴다."

정필은 빙그레 미소 지었다.

"우리가 왜 이런 일을 해야 하는지 알겠지요?"

김길우네 집 거실에 정필 등이 모여 앉았다.

정필과 김길우, 서동원, 세 사람이 지난 며칠 동안 밖으로만 돌아다니면서 탈북녀들을 찾아내고 구하느라 고생했기에 오늘 밤은 한 잔 마시기로 했다.

"모두 고생 많았습니다."

정필이 맥주잔을 들자 모두 각자의 취향대로 따른 술잔을 높이 들었다.

"터터우, 고생하셨슴다."

"다들 애썼슴다."

쨍!

모두 잔을 부딪치고 단숨에 술잔을 비웠다.

정필 등이 도착하기 전에 영실과 소영이 열심히 요리를 준비해 두었다.

요즘은 같은 2층에 살고 있는 서동원의 아내가 자주 놀러와 소영과 친해지고는 이 집 일을 거들어주었다.

예전에 김길우가 살던 빈민가에서 세를 살던 서동원 가족은 흑천상사 2층 40평짜리 살림집에서 공짜로 살게 되었으며, 서동원이 5천 위안의 월급을 받으니까 그야말로 팔자가 펴진 것이다.

서동원의 아내 이순덕은 35살의 조선족이며 동그란 얼굴에 펑퍼짐한 몸매를 지녔는데, 늘 방실방실 웃는다고 해서 이곳에 이사를 오자마자 '방실이'라는 별명을 얻었다.

커다란 상에는 정필과 영실, 소영, 김길우, 서동원, 방실이 이순덕이 둘러앉았다.

그때 문이 열리고 정필의 심부름을 갔던 송이가 3층에서 향미를 데리고 왔다.

"여기 앉기요."

영실이 자신과 정필 사이에 향미를 앉혔다.

향미는 오주희, 재희, 미미치에서 온 2명과 함께 총 5명이 25평짜리 방 3개가 딸린 아파트를 배정받아서 집 구경을 하고 있다가 정필이 부른다는 말에 잔뜩 긴장한 표정으로 왔다.

"영실 누님."

정필이 미소 지으며 영실을 부르고는 새 옷으로 갈아입은 향미를 가리켰다.

"이 아가씨, 낯이 익지 않습니까?"

그러지 않아도 영실은 향미가 들어설 때부터 그녀 얼굴에서 눈을 떼지 못하고 있는 중이다.

"내래 꼭 향숙이를 보는 것 같다이."

'향숙'이라는 말에 향미가 깜짝 놀라 눈을 동그랗게 뜨는 걸 보고 정필이 빙그레 웃었다.

"내 짐작이 틀리지 않았다면 이 아가씨가 향숙 누님의 막내 동생일 겁니다."

"이… 이 뭡까? 큰언니야를 암까?"

영실이 화들짝 놀라서 향미 손을 붙잡았다.

"너래 이름이 향미니?"

"그… 렇습다. 우리 큰언니야를 아심까?"

"니 조카 이름이 뭐니?"

"송화임다."

"아이고! 향숙이 막내 동생이 맞다이……! 어흐흑!"

영실은 향미를 와락 끌어안고 울음을 터뜨렸다.

정필은 빙그레 미소 짓고, 향숙을 잘 알고 있는 김길우와 서동원은 놀라고 기뻐서 어쩔 줄 몰랐다.

향숙은 연길에 있을 때 가끔 가족 얘기를 했는데 부모, 형제, 남편까지 다 죽고 마지막 하나 남은 막내 동생이 자기보다 먼저 중국에 들어갔는데, 가고 나서는 한 번도 연락이 없었다며 몹시 걱정했었다.

영실이 향숙에 대해서 자세히 설명해 주자 향미는 퍼질러 앉아서 두 다리를 동동거리며 대성통곡을 했다.

"으흐흑! 언니야가 살아 있다이……. 우리 조카 송화도 살았다이 이기 꿈인지 생시인지 모르갔습다… 어흐흑……!"

향미가 우는 동안 정필은 무선전화기로 한국의 안기부에 전화를 걸어 향숙을 바꿔 달라고 했다.

밤늦은 시간이고 또 안기부에는 아무나 전화를 할 수 없지만 정필은 특별한 존재이기에 가능했다.

"향숙 누님."

—옴마야……! 이기 누굼까? 정필 씨가 어째 저한테 전화를 다 했슴까?

정필이 전화기에 대고 '향숙 누님'이라고 하자 향미는 울음을 뚝 그치고 그를 바라보았다.

"잘 계십니까?"

—저야 잘 있다마다요. 안기부에서 교육 잘 받고 있슴다. 정필 씨 보고 싶어서 죽갔는 거이 빼면 일 없슴다.

"나도 향숙 누님 보고 싶습니다."

—저가 정필 씨를 목숨보다 더 사랑하고 있다는 거이 알고 있지요?

멀리 떨어져 있으면, 그리고 마음이 간절하면 없던 용기도 생기는 모양이다.

"압니다. 나도 향숙 누님 사랑합니다."

—고조 마음에도 없는 말이지만 듣기 좋슴다.

"누구 바꿔줄 테니까 얘기해 보세요."

—뉘기요? 영실 언니임까? 저는 정필 씨하고 얘기 더 하고 싶슴다.

향미는 정필이 내민 전화기를 받아들었다.

—영실 언니임까?

"큰언니야……."

—…….

"큰언니야, 내래 향미다이. 흐으응……."

—…….

향숙은 말없이 듣기만 했다. 설마 정필이 막내 동생 향미를 바꿔줄 것이라고는 꿈에도 생각하지 못했다.

—향미라이… 우리 막내 향미말임두?

"으흑흑……! 그래, 내래 향미야. 오늘 선생님이 나를 구해주셨다이. 언니하고 송화가 살아 있다는 거이 알고 참말 놀랐다이……. 언니야… 언니야… 어흑흑……!"

—아이고, 향미야! 이거이 으찌나……. 우리 향미가 살아 있었꼬마이……!

연길과 서울에서 동시에 울음이 터져 나왔다.

윤송, 송이가 갑자기 무릎을 꿇고 맞은편의 정필에게 꾸벅 고개를 숙였다.

"오라바이, 고맙슴다."

"어, 그래."

오늘 낮에 송이는 정필이 송이의 가족이 있는 북한 함경북도 은덕에 있는 집에 청강호를 보내서 식량과 돈을 풍족하게 전해주었다는 소식을 청강호에게 직접 들었다.

송이는 흑천상사 경리로 한 달에 3천 위안의 월급을 받기로 했는데 아직 한 달이 되기도 전에 정필이 북한 은덕 집에 그녀 월급의 몇 배에 해당하는 식량과 돈을 보낸 것이다.

그게 1월 10일쯤이었다고 하니까 송이가 흑천상사 경리로 일하자마자 정필이 청강호를 은덕에 보냈던 것이다.

자그마하고 여린 체구인 송이의 커다란 눈에서 방울방울 눈물이 흘러내렸다.

"저희 가족은 굶어 죽기 직전에 먹을 거를 받고서리 모두 살아났다고 함다. 할아바이가 오라바이께 고맙다는 말을 꼭 전해 달라고 했담다."

정필은 미소를 지으며 고개를 끄떡였다.

"다들 무사하시니까 됐다."

송이네는 연로한 할아버지와 할머니, 부모와 형제들이 줄줄이 있어서 탈북하는 것이 쉽지가 않기 때문에 정필이 일단 식량과 돈을 보낸 것이다.

김길우가 정필에게 맥주를 따르면서 말했다.

"이번 달 들어서 청 선생이 북한에 2번 다녀와서 총 6군데 집에 들렀는데 그중에 두 집이 비어 있었답니다. 그래서 네 집에 식량하고 돈을 주었는데 그것들 목록과 액수를 장부에 적어서리 터터우께 드리라고 갖고 왔습니다."

"길우 씨가 검토해 봤습니까?"

"네. 이상 없었습니다."

"그럼 됐습니다."

1월 초에 구한 탈북자들 중에서 북한 집에 남아 있는 가족이 굶어 죽을 것을 염려하는 사람이 있어서 정필은 북한의 주소를 적어 청강호에게 건네주고 그들에게 식량과 돈을 전해주라고 부탁했었다.

정필은 비단 탈북자들을 구하는 것에 그치지 않고 북한에 남아 있는 가족들까지 챙기고 있는 것이다.

"이번에 구출한 사람들도 인적 사항이나 북한에 남아 있는 가족들에 대해서 잘 파악하십시오."

"알갔슴다."

정필의 말에 김길우와 서동원이 고개를 숙였다.

정필은 술이 꽤 취했는데도 도무지 잠이 오지 않아서 벌써 30분 째 뒤척거리고 있는 중이다.

잠이 오지 않는 이유는 은애 때문이다. 그녀를 걱정하고 또 함께 만들었던 여러 추억을 생각하느라 시간이 흐를수록 눈이 더 말똥거렸다.

자정이 넘어 16일이 됐으니까 은애가 위엔씬의 별장 화장실에서 갑자기 사라진 지 오늘로서 10일째다.

지난 10일 동안 정필은 은애에 대해서 별별 생각을 다 해봤지만 그녀가 정필의 몸속에서 말을 하던 중에 갑자기 사라진 이유에 대해서는 짐작조차도 할 수가 없었다.

다만 10일이 지난 지금쯤 정필이 조심스럽게 내린 결론은 아마도 은애가 자신의 자리 즉, 저승으로 돌아갔을 것이라는 사실이다.

그것 말고는 달리 생각할 것이 없다. 그리고 죽은 사람의 영혼이 홀연히 사라졌다면 저승으로 간 것이 당연하다.

그렇게 생각하면서도 정필은 아직까지 은애를 포기하지 못해서 괴로워하고 있었다.

지금이라도 그녀가 '정필 오라바이' 하고 부르면서 불쑥 나타날 것만 같았다.

뚜르르르…….

그때 머리맡에 놔둔 정필의 휴대폰이 울렸다.

"네."

―정필 군인가?

뜻밖에도 새벽 2시가 가까운 시간에 전화를 한 사람은 평화의원의 강명도인데 목소리가 조금 다급하게 느껴져서 정필을 긴장시켰다.

"무슨 일입니까?"

―개두살이가 없어졌다는 말이야.

"다혜 씨가 없어져요?"

―그 정도 마취했으면 아침까지 푹 잘 줄 알았는데 벌써 깨

나서 돌아댕기다이……. 그 에미나이 정말 괴물이야.

정필의 입에서 한숨이 절로 나왔다.

"그게 언제입니까?"

─모르겠어. 병원 바깥문이 열려 있어서 살펴봤더니 개두살이가 보이지 않더란 말일세. 환자복만 입은 상태인데 이거이 어카면 좋은가?

정필은 침대에서 내려왔다.

"선생님은 주무십시오. 제가 찾아보겠습니다."

─미안하네. 내가 제대로 단속을 못 했어.

"아닙니다. 개두살이를 어떻게 막겠습니까?"

─어이구, 그 에미나이 참말로 개두살이야, 개두살이.

강명도가 고개를 절레절레 가로젓는 모습이 정필의 눈에 보이는 듯했다.

정필의 짐작으로는 다혜가 마취에서 어느 정도 깨어나자 제 정신이 아닌 상태로 평화의원을 나와서 흑천상사로 오고 있을 것 같았다.

정필은 캄캄한 밤중에 혼자서 다혜를 찾아낼 엄두가 나지 않아서 김길우와 서동원을 깨웠다. 그랬더니 2층 끝의 문이 열리며 흑천상사 직원 안지환이 나왔다.

"무슨 일임까?"

정필과 김길우는 문으로 달려가고 서동원이 급히 말했다.

"개두살이가 실종됐단다."

흑천상사 직원들 사이에서도 다혜는 이미 개두살이로 통하고 있었다.

"저도 가겠슴다."

28세의 조선족 총각 안지환은 서둘러 밖으로 뛰어나왔다.

흑천상사 뒷문으로 4대의 SUV가 빠져나갔다.

새벽 2시가 훌쩍 넘은 연길 시내에는 차가 한 대도 보이지 않았고 가로등 불빛만 띄엄띄엄 거리를 비추고 있는데 함박눈이 펑펑 내리고 있었다.

정필을 비롯한 흑천상사 사람들은 모두 운전이 능숙하며 평소에는 각자 자신의 차를 몰고 다닌다.

연길 일대의 지형은 온통 산길에다 험하고 비포장도로가 많으며, 겨울에는 하루가 멀다 하고 폭설이 내리기 때문에 다들 4륜구동 SUV를 자신의 차로 선택했다.

도로에 나선 4대의 SUV는 양쪽 방향으로 2대씩 갈라져서 달리다가 교차로가 나오자 다시 양쪽으로 나뉘어서 각각 북쪽을 향해 네 방향으로 달려갔다.

흑천상사에서 평화의원은 4㎞ 남짓한 거리지만 도로가 여러 갈래인데다 마취가 덜 깬 상태인 다혜가 어느 길로 올지 모르기 때문에 4대의 차가 4개의 도로를 훑으면서 평화의원까지 가보기로 했다.

부우웅…….

정필은 레인지로버를 느리게 운전하면서 전방의 인도 양쪽을 뚫어지게 주시했다.

한밤중인데다 함박눈이 많이 내려서 시계가 20~30m에 불과한데다 인도에는 헤드라이트가 잘 비춰지지 않아서 사물을 식별하기가 어려웠다.

지금 정필이 가고 있는 이 도로가 흑천상사에서 평화의원으로 가는 가장 빠른 길이다.

마취가 덜 풀린 상태의 다혜가 가장 빠른 직선 도로라는 사실을 알겠느냐마는 그래도 정필은 그녀를 발견할 가능성이 가장 높은 길을 택해서 가고 있는 중이다.

오고 가는 차량은 한 대도 보이지 않고 오로지 정필의 레인지로버만이 함박눈을 헤치면서 느릿하게 전진하고 있다.

강명도 말로는 다혜가 환자복만 입고 나갔다는데 영하 20도가 넘고, 더구나 눈까지 오는 날씨에 그녀가 어디에 쓰러져 있기라도 한다면 10분을 넘기지 못하고 동사(凍死)하고 말 것이다.

'정말, 이런 개두살이…….'

정필은 다혜에게 무슨 일이 생겼을까 봐 머릿속이 새하얗게 돼버렸다.

그는 걷는 것보다 조금 빠른 속도로 차를 몰면서 도로 양쪽을 예리하게 살폈다.

평화의원까지 4km를 이런 속도로 간다면 30분 이상 걸릴 것이고, 만약 다혜가 어딘가에 쓰러져 있다면 그 사이에 얼어 죽고 말 것이라는 생각이 들자 정필은 마음이 더할 수 없이 초조해졌다.

끽!

그때 정필은 급히 브레이크를 밟았다. 방금 오른쪽 인도에 있는 공중전화 부스를 지나쳤는데 그 안에 뭔가 있는 듯한 느낌을 받았다.

그는 레인지로버를 후진시켜서 공중전화 부스 옆에 대고 창을 통해 뚫어지게 주시했지만 눈이 워낙 많이 내려서 잘 보이지 않았다.

탁!

서둘러 차에서 내려 공중전화 부스로 달려간 그는 희뿌연 공중전화 부스 안 바닥에 누군가 웅크리고 있는 모습을 발견하고는 벌컥 문을 열었다.

공중전화 수화기가 길게 아래로 늘어져 있고, 바닥에는 환자복을 입은 다혜가 웅크린 자세로 엎어져 있었다. 전화를 걸려다가 이 지경이 된 것 같았다. 동전도 없을 텐데 무슨 전화를 건다는 말인가.

"다혜 씨!"

정필은 급히 다혜를 안았다. 다혜의 몸은 얼음처럼 차가웠으며 정신을 잃은 상태라서 정필은 가슴이 철렁했다.

그는 다혜를 안아 레인지로버 뒷자리에 눕히고 자신의 파카를 벗어서 덮어주었다.

그는 예전에 용정의 농장 축사에서 동사 직전에 처해 있던 어린 유미를 구한 적이 있었는데 지금 다혜가 똑같은 상황에 처했다.

그는 실내의 히터를 최고로 높이고 뒷자리 다혜 옆에 앉아 문을 닫았다.

탁!

"다혜 씨!"

큰 소리로 부르면서 그녀의 몸을 흔들었지만 다혜는 꼼짝도 하지 않고 죽은 듯이 누워 있을 뿐이다.

정필은 급히 파카 아래로 손을 집어넣어 다혜의 심장 부위에 손바닥을 댔다.

심장이 뛰긴 했지만 브래지어를 하지 않은 젖가슴이 얼음덩어리처럼 차디찼다.

'안 되겠다……!'

정필이 파카를 집어던지고 다혜의 환자복 상의를 벗기자 희고 뽀얀, 그러면서 터질 듯이 탱탱한 한 쌍의 젖가슴이 출렁 나타났다.

만약 다혜가 깨어나서 이 상황을 알게 된다면 정필을 죽이겠다고 난리가 벌어지겠지만 지금은 그런 걸 따질 상황이 아니다.

정필은 서둘러 다혜의 상체를 마사지하기 시작했다. 그의 두 손바닥을 통해서 그녀 몸의 싸늘한 체온이 그대로 전해졌는데 얼음이나 마찬가지다.

몸이 이렇게 차다면 몸속의 장기와 내장의 기능도 현저하게 저하됐거나 멈췄을 것이다.

정필은 다혜의 심장과 폐 부위와 내장이 있는 가슴과 복부를 집중적으로 문지르고 조금 세게 주무르면서 마찰열을 일으키려고 노력했다.

그러다 보니까 유방을 실컷 만지게 되었지만 어쩔 수 없는 상황이다.

캄캄한 실내에 다혜의 하얗고 커다란 유방이 출렁거리는 모습만 흐릿하게 보였다.

"후우우… 후우……."

정필의 손이 부지런히 다혜의 복부와 옆구리를 마사지하고는 다시 위로 올라가서 유방을 주물렀다.

"야… 최정필… 너 지금 뭐 하는 거냐……."

그런데 그때 다혜의 힘없는 목소리가 들렸다.

정필은 손을 멈추고 그녀를 쳐다보았다. 어둠속에서 반짝이는 한 쌍의 눈이 보였다.

"다혜 씨."

"최정필… 너 지금 어딜 주무르고 있는 거야……?"

지금 같은 상황에서 깨어났다면 당연히 정필을 때려죽일 것처럼 날뛸 테지만 다혜가 기운이 하나도 없다는 사실이 천만다행이다.

마침 정필은 커다란 두 손으로 다혜의 풍만한 한 쌍의 유방을 터뜨릴 것처럼 주무르고 있는 중이었다.

정필은 동작을 멈추고 그녀를 꾸짖었다.

"어쩌자고 병원에서 나온 겁니까?"

눈을 깜빡거리면서 생각하던 그녀는 어떻게 된 상황인지 그제야 깨달았다.

"나… 정필 씨한테 전화하려고 했는데 빌어먹을… 동전이 없어서……."

"공중전화 부스 안에서 다혜 씨를 발견했습니다."

"너무 추웠어……."

중얼거리던 다혜가 다시 정신을 잃었다.

"다혜 씨!"

정필이 큰 소리로 불렀으나 대답이 없다.

다혜의 온몸을 30분 넘게 온 힘을 다해서 마사지하느라 정
필은 기진맥진 파김치가 돼버렸다.

다혜는 팬티만 입고 뒷자리에 늘어져서 누워 있었다. 다해
의 상체를 마사지하고 난 정필은 그녀의 하체가 얼음덩이처럼
차다는 사실을 깨닫고 복부 아래부터 발가락까지 쓰다듬고
문질렀다.

아까 다혜를 마사지할 때 김길우에게서 전화가 왔기에 모
두 흑천상사로 돌아가라고 지시했었다.

만약 김길우가 전화하지 않았으면 다혜를 살리기에 바쁜 정
필은 그들을 까맣게 잊고 있었을 것이다.

"아파……."

정필이 옆에 앉아서 한숨을 돌리고 있을 때 다혜가 두 번
째로 깨어나서 중얼거렸다.

"다혜 씨."

"온몸이 아파……. 어떻게 된 거지?"

"내가 마사지를 해서 그럴 겁니다."

"날 두들겨 팬 거는 아니겠죠?"

"집에 돌아가서 두들겨 팰 겁니다."

다혜가 힘겹게 몸을 일으키자 덮어놓았던 정필의 파카가

흘러내렸다.

"끙……."

그녀는 팬티만 입고 있는 자신의 몸을 내려다보며 얼굴을
찌푸렸다.

"제기랄……. 꼬라지하고는……."

그녀는 얼굴과 유방만 빼고는 온몸이 잘 발달된 단단한 근
육질이라서 보기 좋았다.

"옷 입읍시다."

정필이 바닥에 떨어진 환자복을 집어 들자 다혜가 힘겹게
손을 뻗었다.

"내가 입을 거예요."

정필은 말없이 환자복을 내밀었고 다혜는 옷을 받아서 입
으려고 끙끙거렸지만 5분이 지나도록 팔 하나도 끼워 넣지 못
했다.

그걸 보고 정필이 빙그레 웃었다.

"내가 입혀줄까요. 아니면 이대로 그냥 갈까요?"

다혜가 슬쩍 인상을 썼다.

"나 놀리는 거 재미있죠?"

그러다가 그녀는 반창고를 붙여놓은 머리가 쿡쿡 찌르는 것
처럼 아파서 얼굴을 찡그렸다.

"이 돌팔이가 내 머리에 무슨 짓을 한 거야……?"

정필은 다혜에게 옷을 입히며 말했다.

"꿰맸겠죠."

"순 돌팔이……. 나한테 마취 주사를 놓다니……."

"치료하려고 그런 겁니다."

"또 어딜 꿰맨 거죠?"

"어깨하고 엉덩이."

다혜는 또 얼굴을 찌푸렸다.

"영감탱이. 내 예쁜 똥꼬를 다 봤겠군."

정필은 옷을 다 입히고 그녀를 부축했다.

"출발할 거니까 누워요."

"조수석에 앉을래요."

정필은 다혜에게 파카까지 입히고 나서 그녀를 안아 조수석에 앉히고 자신은 운전석에 탔다.

"병원은 안 갈 거죠?"

"이 난리를 피웠는데 강 선생님 뵙기 미안해서 어디 가겠습니까?"

"시트 눕혀주고 담배 한 대 줘요."

정필은 시트를 뒤로 눕혀주고 나서 담배 두 개비에 불을 붙여서 한 개비를 눈감고 있는 다혜 입에 대주었다.

"후우……. 나 걱정했어요?"

다혜는 담배 연기를 길게 뿜어내고 나서 운전하고 있는 정필에게 지나가는 말처럼 물었다.

"개두살이 걱정을 누가 합니까?"

다혜 입가에 희미한 미소가 피어났다.

"정필 씨가 내 걱정을 많이 했군요?"

"나 참……."

"그러니까 앞으로는 나 정필 씨한테서 떨어뜨려 놓으려고 하지 말아요."

정필이 아무 말 없이 운전만 하자 다혜는 눈도 뜨지 않고 중얼거렸다.

"대답해요."

"알았습니다."

정필은 다혜를 만난 이후 처음으로 그녀가 귀엽다는 생각이 들었다.

*   *   *

연길에 폭설 주의보가 발령된 다음 날 이른 아침에 권보영은 자신의 사무실 책상 앞에 앉아서 책상 너머에 일렬로 나란히 서 있는 3명을 처다보고 있었다.

점퍼를 입은 남자 한 명과 단정한 옷차림의 여자 두 명이며 모두 25~26살로 보였다.

권보영은 3명을 한 명씩 차례로 살펴보고 나서 중얼거리듯이 말문을 열었다.

"셋 다 벼락부대에서 왔니?"

탁!

"그렇습다!"

맨 오른쪽의 여자가 구두 뒤꿈치를 소리 나게 붙이며 기합이 바짝 든 목소리로 대답했다.

"너희 셋 다 남조선에 잠입하는 거이니?"

이번에도 오른쪽의 여자가 대답했다.

"저 둘이 남조선에 침투할 거이고 저는 중국에서 작전을 하는 거임다!"

권보영은 책상에 놓여 있는 서류를 뒤적이면서 고개를 까딱거렸다.

"저 둘은 민족의 반역자 민성환이라는 놈의 앙까이(부인)하고 딸을 암살하는 거이고 너는 검은 천사라는 놈을 매수하거나 죽이는 임무로군."

"그렇습다."

"세부 계획은 뭐이냐?"

이들 3명의 암살조 지휘자인 맨 오른쪽 여자가 미리 다 외운 것처럼 줄줄 대답했다.

"이 둘은 위장 부부로 군대에 있던 남자가 탈영해서 앙까이를 데리고 공화국을 탈출한 거이고, 저는 가족들 먹여 살리려고 나온 거임다."

권보영은 위장 부부를 힐끗 보고는 고개를 저었다.

"젊어서리 부부는 안 어울리니끼니 연인으로 하라우."

"알갔슴다."

권보영은 손바닥으로 턱을 받치고 3명을 쳐다보았다.

"근데 어케 죽일 거이니?"

"민성환의 앙까이하고 딸은 아직 남조선 안기부에 있다고 하니끼니 그것들이 안기부에서 나오는 날을 제삿날로 잡을 거임다."

"흠, 기래. 그런데 너래 검은 천사라는 놈이 어디 있는 줄은 아니?"

"모름다."

"어디 있는 줄도 모르면서 어케 매수를 하고 또 죽이갔다는 거이니?"

맨 오른쪽 165㎝ 정도의 늘씬한 여자는 이곳에 들어온 이후 잠시도 부동자세를 풀지 않았다.

"보고서에는 검은 천사가 중국 연변 지역에서 활동하면서 리 반역자 민성환의 앙까이와 딸을 흑사파에서 구해 남조선에 밀입국시켰으며, 공화국의 많은 여자를 갖은 방법으로 모집하여 남조선으로 보낸다고 적혀 있었슴다."

권보영은 자신이 작성하여 보위 사령부에 올린 보고서에 대한 내용을 그녀가 말하자 묵묵히 들었다.

"기니끼니 저는 검은 천사라는 자의 술책에 넘어가는 공화국 에미나이 흉내를 내서리 그자에게 접근하는 거이 어카갔는가 생각함."

권보영은 고개를 끄떡였다.

"그거이 괜찮군."

"중대장 동지께서 우리 3명이 남조선에 잠입하고 또 검은 천사에게 접근할 수 있도록 협조해 주시라요."

탕!

"그놈은 내 손으로 직접 죽이가서!"

대화하는 내내 딴 생각을 하고 있던 권보영은 갑자기 손바닥으로 책상을 치면서 소리쳤다.

"검은 천사를 중대장 동지께서 죽이갔슴까?"

"아… 아니, 그자 말고."

권보영은 어? 하는 표정을 지었다. 요즘 그녀는 하루 24시간 중에서 최소한 20시간 정도는 한 사내에 대한 생각으로 보내고 있다.

잠자는 시간 빼고는 하루 종일 그 사내 생각을 한다고 해도 지나친 말이 아니다.

그렇다고 해서 권보영이 그 사내하고 사랑에 빠졌다는 애기가 아니다. 외려 그 반대로 그자를 너무나도 죽이고 싶어서 하루에도 수십 번씩 갖가지 방법으로 그자를 죽이는 상상에 빠지곤 했다.

얼마나 그자를 죽이고 싶으면 공화국에서 온 암살조(暗殺組)의 보고를 들으면서까지 그자 생각에서 벗어나지 못하고 있겠는가.

"나도 폭풍군단 출신이야."

"알고 있습니다. 폭풍군단 역사상 가장 뛰어난 여성 특수부대원이라고 들었습니다."

북한군 내에서 특수부대는 약 20만 명이며 그중에서도 11군단의 4만 명이 최정예라고 알려져 있다. 11군단을 달리 폭풍군단이라고 부르며 경보병부대인 '번개부대'와 항공육전단인 '우뢰부대' 그리고 저격여단인 '벼락부대' 등 10여 개의 여단을 거느리고 있다.

권보영은 힘 있게 말했다.

"너희들 임무에 최대한 협조하갔어."

그날 낮에 권보영은 연길 시내의 북한 음식점인 묘향산의 어느 룸에서 누군가를 만나고 있었다.

룸의 테이블에는 권보영과 짧은 수염을 기른 정장의 중년 신사가 마주 앉아서 식사를 하며 대화를 나누고 있고 두 사람의 뒤에는 각기 한 사람씩 서 있었다.

권보영은 목을 감싸고 몸에 붙는 두툼한 스웨터에 정장 바지를 입은 깔끔하고 세련된 복장이다.

권보영 뒤에 서 있는 사람은 여자인데 바로 북한에서 온 암살조의 조장이며, 중년 신사 뒤에 서 있는 사람은 30대 초반의 날카롭고도 강인하게 생긴 사내다.

"내래 흑사파가 운영하는 창녀촌이 쑥밭이 된 거이는 관심이 없고, 기니끼니 창녀촌에서 북조선 에미나이들을 구해간 놈이 검은 천사라는 거이지?"

중년 신사는 고개를 끄떡였다.

"그렇다고 하더군. 그놈이 권총을 냅다 갈겨서리 우리 쪽 부하 10명을 병신으로 만들었다는 말이다."

중년 신사 즉, 흑사파 연길두령은 뒤에 서 있는 사내를 엄지손가락으로 가리켰다.

"이놈이 엔시 소두목인데 예화툰에서 그놈을 직접 보고 얘기도 나눴다는 거이 앙이겠슴둥?"

권보영은 엔시 소두목을 슬쩍 쳐다보았다.

"멀쩡한데 기래?"

연길두령은 미간을 좁히며 손을 내저었다.

"말도 마라우. 검은 천사한테 총 맞아서리 어깨뼈 부러져서 반병신 됐어. 저리 옷 입고 있으니끼니 멀쩡하게 보이는 거이 아임두."

권보영은 엔시 소두목 변창수에게 물었다.

"너래 검은 천사에게 총 맞았니?"

"앙이다."

"앙이다? 내래 니 친구니?"

권보영의 눈초리가 치켜 올라갔다.

변창수는 발칵 성질이 나서 흰 이를 드러내며 인상을 썼다. 새파랗게 젊은 권보영이 반말을 찍찍 하는 게 영 못마땅한 얼굴이다.

"이런 쌍간나……."

그러나 그는 욕설을 내뱉다가 깜짝 놀라며 말을 끊었다. 권보영 뒤에 서 있는 여자가 느닷없이 번쩍 몸을 날리는가 싶더니 테이블 위를 뛰어넘어 자신을 향해서 그대로 돌진해 오고 있기 때문이다.

그 여자의 행동이 너무 빨라서 그는 피할 엄두를 내지 못하고 그냥 쳐다보기만 했다.

퍽!

"으악!"

여자의 발뒤꿈치가 총 맞은 그의 어깨를 짓이기자 변창수는 처절한 비명을 내질렀다.

착!

여자는 무릎과 허리를 굽힌 자세로 바닥에 가볍게 내려서고, 변창수는 뒤쪽 벽에 등을 호되게 부딪쳤다가 꼴사납게 바닥에 나뒹굴었다.

"끄으으……. 으아아……."

변창수를 한방에 때려눕힌 여자는 무표정한 얼굴로 권보영 뒤에 와서 우뚝 섰다.

변창수는 극도의 고통으로 바닥을 데굴데굴 구르면서 비명을 질렀으나 권보영과 연길두령은 아무 일 없다는 듯 대화를 나누었다.

"저놈, 검은 천사한테 총 맞은 거이 앙이면 누구한테 맞았다는 거이야?"

권보영은 혹사파 연길두령이 자기보다 10살은 많게 보이는데도 거침없이 반말을 했다.

"검은 천사하고 같이 있던 젊은 남조선 에미나이가 쏜 총에 맞았다는구마이."

"젊은 에미나이가 총을 쏴? 그 에미나이래 뉘기야?"

연길두령은 비틀거리면서 간신히 일어나고 있는 변창수를 쳐다보았다.

"야, 창수야, 너 권 대위한테 자세히 얘기해 보라우."

'권 대위'라는 말에 변창수의 안색이 변했다. 그는 조금 전하고는 달리 주눅 든 얼굴로 조심스럽게 말했다.

"검은 천사하고 그 젊은 에미나이가 예화툰 미미치에 왔었습다. 둘 다 권총을 쏴댔는데 에미나이 총 쏘는 솜씨가 기가 막혔습다."

"죽은 사람은 없었니?"

"없었습다. 두 연놈은 하나같이 어깨나 팔다리 같은 데만 골라서 쐈습다. 그걸 보면 우리를 죽일 의도가 없다는 거이지요."

권보영이 조선말을 쓰는 걸 보니까 북한군 대위일 것이라고 변창수는 짐작했다.

"기래. 검은 천사라는 새끼가 어케 생겼니?"

"잘생겼습다."

"잘생겨? 어케 잘생겼니?"

"사내새끼가 봐도 반할 정도였습다."

"그래서 너래 그 새끼한테 반했니?"

변창수의 얼굴이 확 일그러졌지만 발작하지는 않고 그냥 묵묵히 있었다.

그때 37세의 흑사파 연길두령 전장춘이 벌레라도 씹은 듯한 얼굴로 뇌까렸다.

"그 새끼가 용정 돈 250만 달러를 뺏어갔다이."

"기래?"

"확실한 증거는 없지만 그 새끼가 분명하지비. 그놈 앙이면 그럴 사람이 없어."

"그 새끼, 우리하고 너희가 사업하는 거이 알고 있는 거 앙이야?"

전장춘은 고개를 가로저었다.

"그것까지는 모르겠다. 길티만 그 새끼는 중국에 들어온 북조선 사람들만 구하러 다니고 있지 앙이 하니? 우리가 보위부하고 밀수하는 거이 관심이 없는 모양이야."

권보영은 독한 백주를 제 스스로 한 잔 따라서 입안에 쏟아붓고는 손등으로 입을 닦았다.

"그 새끼에 대한 거이라면 하나도 빼놓지 말고 싹 다 말해보라우."

*   *   *

우승희는 연길 외곽의 어느 공장 기숙사 방에 여러 여자들과 함께 감금되어 있다.

25살의 우승희는 조선민주주의인민공화국 폭풍군단으로 불리는 제11군단 저격여단 벼락부대 소속 중사의 신분이다.

그녀는 청진에서 고등중학교를 졸업하자마자 군대에 갔으므로 현재 7년째 복무하고 있는 중이다.

폭풍군단 경보병 번개여단에서 3년, 벼락여단에서 4년 복무하면서 수십 종류의 살인 수법을 익혔으며 몸을 강철처럼 단단하게 만들었다.

우승희와 함께 연길에 온 암살 요원 2명 김성진과 박연주는 연길에서 활동하고 있는 탈북자 지원 단체에 들어가기 위해서 다른 루트를 선택했다.

그 2명도 지금쯤 다른 탈북자들에 섞여서 남조선 목사나 선교사가 접근하기만을 기다리고 있을 것이다.

남조선에서 온 목사나 선교사들은 탈북자라면 도와주지 못해서 안달을 하니까, 연인으로 위장한 김성진과 박연주가 탈북자 지원 단체에 합류하여 남조선에 잠입하는 일은 그다지 어렵지 않을 것이라는 게 연길주재 보위중대장 권보영의 주장이었다.

문제는 검은 천사에게 접근해야 하는 우승희다. 보위부에서 수집한 정보에 의하면, 검은 천사는 잘생긴 젊은 남자이며 탈북자 일이라면 물불을 가리지 않는다는 사실 정도만 알려져 있는 상황이다.

검은 천사의 근거지가 어디인지 알았다면 권보영이 앞장서서 벌써 무슨 일이라도 벌였을 것이다.

검은 천사에 대한 정보가 하나 더 있는데, 그는 평범한 방법으로 중국에 넘어오는 탈북자보다는 위험에 빠진 탈북자들을 구하는 일에 더욱 열을 올리고 있다는 것이다.

그래서 권보영은 우승희를 위해서 덫을 만들어주었다. 탈북한 젊은 여자들만을 잡아서 인신매매를 일삼고 있는 흑사파의 힘을 빌어 가짜 인신매매 상황을 연출한 것이다.

지금 우승희가 있는 기숙사 방에는 모두 5명의 북한 젊은 여자가 갇혀 있다.

우승희가 살펴보니까 자신을 제외한 4명의 여자는 17~18살의 앳된 어린 소녀가 2명이고 다른 2명은 많아봐야 21~23살 정도로 모두 우승희보다 어렸다.

지금 이 상황이 우승희가 검은 천사에게 접근하기 위해 만들어진 덫이라는 사실은 5명의 여자 중에서 우승희 혼자만 알고 있다.

물론 밖에서 감시하고 있는 흑사파 졸개들도 이게 가짜 상황이라는 것을 안다.

그들은 상황이 무르익으면 검은 천사에게 당하지 않으려고 슬그머니 자리를 피할 것이다.

그러니까 우승희를 검은 천사에게 접근시키기 위해서 4명의 탈북녀를 덤으로 끼워준 것이다.

다른 탈북녀들처럼 허름한 누비옷에 헐렁한 바지를 입은 우승희는 벽에 등을 기대고 책상다리 자세로 앉아서 맞은편 벽을 응시하고 있다.

다른 4명의 탈북녀는 한데 모여서 자신들의 신세를 한탄하면서 울고 있으며 우승희만 조금 떨어진 곳에 혼자 앉아 있다.

우승희는 탈북녀들이 흐느껴 울면서 자기들끼리 나누는 하소연을 들었다.

그녀들은 고향이 어디며 무엇 때문에 탈북을 했는지 그리고 어쩌다가 인신매매단에 붙잡혔는지에 대해서 얘기했다.

우승희는 언제 검은 천사가 나타나서 자신을 비롯한 5명의 탈북녀를 데려갈 것인지에 대해서 생각에 잠겨 있다.

그리고 만약 자신이 검은 천사를 따라가게 되면 어떤 방법으로 그를 매수하거나 그것이 여의치 않을 때는 어떻게 죽일 것인지에 대해서 골똘히 생각하느라 여자들의 얘기를 귓등으로 흘려들었다.

그렇지만 우승희가 언제까지나 생각에만 잠겨 있을 수는 없는 노릇이라서 가끔은 여자들이 하는 얘기에 귀를 기울일 때도 있었다.

탈북녀 4명의 사정은 거기에서 거기 대동소이했다. 그녀들 가족 중에 한두 명, 혹은 자신을 제외한 전원이 굶어 죽었으며, 가족을 굶어 죽게 하지 않으려고 식량을 구하려거나 북조선에 있다간 굶어 죽을까 봐 탈북했다는 내용들이다.

우승희는 속으로 코웃음을 쳤다. 배신자들. 그렇다고 공화국과 위대한 지도자 동지를 배신해? 너희들은 인신매매를 당해도 싸다. 검은 천사만 아니었으면 내가 네년들 머리채를 잡고 공화국으로 끌고 갔을 것이다. 그게 아니면 당장 이 자리에서 모조리 죽여 버렸을 것이다.

우승희는 굶는다는 것을 한 번도 피부로 절실하게 느껴본 적이 없었다.

인민군 특수부대, 특히 폭풍군단 소속 병사들은 북조선 전체 인민군 중에서도 식단을 비롯한 보급이 가장 훌륭하다고 말할 수 있다.

그녀는 고향 집에 가본 지 5년이 다 돼가지만 가족들이 굶고 있을 것이라는 생각은 한 번도 해본 적이 없었다. 폭풍군단 소속 인민군 가족을 조선로동당이 굶게 할 리가 없다고 굳게 믿고 있기 때문이다.

"언니는 어카다가 잡혀온기야요?"

누가 울음 섞인 목소리로 묻는 소리에 우승희의 생각이 뚝 끊어졌다.

그녀가 고개도 돌리지 않은 채 눈동자만 굴려서 쳐다보자 22~23살쯤 된 그녀들 중에는 제일 나이가 많아 보이는, 그렇지만 아직 소녀티를 벗지 못한 앳된 여자애가 그녀를 말끄러미 바라보고 있었다.

아니, 그녀뿐만 아니라 4명 4쌍의 눈동자가 궁금한 듯 우승희를 빤히 바라보고 있었다.

"저는 온성에서 온 순주야요. 함순주."

그녀 함순주가 눈물이 가득한 눈에 친근함을 담고 말했다.

그렇지만 우승희는 함순주를 쳐다보던 눈동자를 거두어 다시 정면을 응시하면서 아무 대꾸도 하지 않았다.

　여자들은 서로의 얼굴을 쳐다보고는 쓸쓸한 표정을 지었으며 더 이상 우승희에게 말을 걸지 않았다.

　방 안에는 천장에 백열등 하나만 달랑 불이 밝혀져 있을 뿐 가구는커녕 창문조차도 없었다.

　방바닥이 적당하게 뜨뜻해서 추위를 느끼지 않는 것이 그나마 다행한 일이다.

　자기들끼리 몸을 맞대고 흐느껴 울면서 소곤거리던 4명은 어느새 구석 쪽에 모여서 웅크리고 누워 잠이 들었다.

　그렇지만 우승희는 이곳에 처음 들어와서 앉았던 그대로의 자세로 꼼짝도 하지 않았다.

　방 안에 시계가 없는데다 시간을 알 수 있는 그 무엇도 없지만 우승희는 지금이 몇 시쯤 됐는지 짐작할 수 있다.

　시계나 해와 달, 별 같은 것을 보지 않아도 시간을 짐작할 수 있는 능력은 혹독한 특수 훈련 과정에서 덤으로 얻게 된 여러 가지 중에 하나다.

　말하자면 생체 시계다. 우승희의 생체 시계는 지금이 저녁 6시 30분쯤이고, 자신이 이곳에 감금된 지 8시간이 지났음을 알려주었다.

우승희는 고개를 돌려 좁은 방의 정면 왼쪽 구석에 놓여 있는 높이 1m 정도인 아담한 크기의 파란색 플라스틱 통을 쳐다보았다.

그 통은 이 방에 감금된 5명 여자들의 화장실이다. 우승희는 저기다가 한 번도 볼일을 보지 않았지만 다른 4명의 여자는 최소한 2번 이상 소변을 보았다.

누군가 대변을 봤다면 방 안에 똥 냄새가 가득해서 다들 괴로워했겠지만 우승희 같은 특수요원에겐 그런 건 악취라고도 할 수가 없다.

우승희는 소변을 보기 위해서 이 방에 들어온 이후 처음으로 일어섰다.

참으려고 작정하면 내일 동이 틀 때까지도 소변을 참을 수 있지만 지금은 구태여 그럴 필요까진 없다.

슥—

우승희는 플라스틱 통의 뚜껑을 열어 바닥에 내려놓은 후에 바지와 빤스를 무릎까지 내리고 엉거주춤한 자세로 통에 살짝 걸터앉았다.

통 위에 앉을 수 있는 아무런 장치가 없지만 통이 그다지 크지 않고 딱 여자 궁둥이보다 조금 작은 크기여서 그 위에 걸터앉으니까 안성맞춤이다.

쏴아…….

오래 참았던 오줌발이 세차게 플라스틱 통을 두드리는 소리 때문에 우승희는 반사적으로 여자들이 깨지 않을까 해서 쳐다보니까 17~18살 어린 소녀 하나가 잠에서 깨어 부스스 고개를 들고 우승희를 쳐다보더니 흐릿하게 웃고는 다시 웅크려 눈을 감았다.

덜커덕!

그런데 정면의 문에서 갑자기 문고리 푸는 소리가 들려서 우승희는 흠칫 놀랐다.

왈칵!

그러나 그녀가 어쩔 새도 없이 문이 벌컥 열리고 문 밖에 서 있는 2명의 사내 모습이 나타났다.

우승희는 폭풍군단에서 수백 가지의 온갖 상황에 대처하는 강훈련을 다 받은 인간 병기지만, 지금처럼 소변을 보고 있을 때 갑자기 문이 벌컥 열리고 2명의 사내가 음탕한 미소를 지으면서 쳐다보고 있는 상황에는 어떻게 해야 하는지 배운 적이 없었다.

그러나 그녀는 당황함을 조금도 드러내지 않고 그대로 앉아서 두 사내를 쏘아보았다. 그 상황에서도 오줌은 계속 세차게 나왔다.

문 여는 소리에 탈북녀들은 잠에서 깨어나 앉아서 서로 꼭 부둥켜안은 채 방 안으로 성큼 들어서고 있는 한 명의 사내를 바라보았다.

방 안에 들어선 사내는 우승희를 보고는 히죽 웃더니 곧장 여자들에게 다가가서 제일 어린 소녀와 4명 중에서 얼굴과 몸매가 가장 예쁜 여자의 팔을 덥석 잡고는 밖으로 끌어당겼다.

"나오라우."

"아아… 살려주시라요……!"

"어케 이럼까? 놓으시라요……."

두 여자가 끌려 나가지 않으려고 울면서 버티자 사내의 주먹과 발길질이 쏟아졌다.

"이 쌍간나 에미나이래 죽고 싶니?"

퍽퍽퍽!

소란스러운 와중에 우승희는 얼른 일어나 바지와 빤스를 추켜 입었다.

하지만 그녀는 사내에게 끌려 나가면서 울부짖는 두 여자를 물끄러미 바라보면서 서 있기만 했다.

이곳에 있는 여자들은 인신매매를 당해서 끌려왔기 때문에 아마도 그녀들을 사려고 하는 사람에게 넘기는 것이라고 생각했다.

쿵!

문이 닫히는 것을 보고 나서 우승희는 원래 자신이 앉았던 자리로 돌아가 아까처럼 책상다리를 하고 앉았다.

남겨진 두 여자가 서로 보듬어주면서 나직이 흐느꼈지만 우숭희는 수양하는 스님처럼 지그시 눈을 감고 생각에 잠겨 들었다.

제38장
적과의 동행

　우승희는 앉은 채 깜빡 잠이 들었다가 문이 열리는 소리에
눈을 떴다.

　그런데 뜻밖에도 아까 끌려 나갔던 두 여자가 떠밀리듯이
방 안으로 들어오더니 사내들은 코빼기도 보이지 않고 곧 문
이 쾅 닫혔다.

　"으흐흑……! 흐흑!"

　끌려 나갔다가 돌아온 두 여자, 특히 어린 소녀는 마치 부
모가 죽기라도 한 것처럼 서럽게 울면서 떠밀려 들어온 방 안
에 엉거주춤한 자세로 서 있었다.

방 안에 있던 두 여자가 급히 일어나서 그녀들에게 다가가는데 아까 우승희에게 말을 걸었던 함순주가 어린 소녀를 붙잡고 안타까운 표정을 지었다.

"복례야, 너 어째 그러니?"

"언니야… 어흐흑!"

복례라는 어린 소녀는 함순주에게 무너지듯이 안기면서 더욱 서러운 울음을 터뜨렸다.

이들 4명의 여자는 이곳에 오기 전에는 서로 생면부지의 전혀 모르는 사이였지만, 이 방에 갇혀 있는 동안 동병상련(同病相憐)의 심정으로 서로 꽤 친해져서 고향이며 이름도 알게 되었다.

그녀들은 서로 얼싸안고 부축하며 원래 있던 자리로 돌아오다가 복례가 신음을 터뜨리면서 걸음을 멈추며 주저앉을 것처럼 괴로워했다.

"아아……."

"너 이기 피 아니니?"

함순주는 복례의 바지 사타구니가 온통 피범벅인 것을 보고는 놀라서 소리쳤다.

조금 전에 복례가 방에 들어왔을 때는 사타구니가 상의에 가려져서 미처 보지 못했었다.

"어흐윽……! 언니야… 그 사람들이 우리를 막 때리고 강간했슴다……. 어카면 좋슴까……. 마이 아픔다…….”

복례하고 같이 나갔던 여자는 고개를 숙이고 나직하게 흐느끼는데 그녀도 사타구니가 피투성이다. 사타구니뿐만 아니라 많이 맞았는지 코와 입에서도 피가 흘렀다. 두 여자 다 숫처녀였던 것 같다.

4명의 여자는 구석에 웅크리고 앉아서 서로 부둥켜안고 위로하면서 서럽게 흐느껴 울었다.

짐승만도 못한 자신들의 신세를 생각하면 한 치 앞도 알 수가 없고 그저 무서워서 서러움의 눈물만 나왔다.

우승희는 미간을 잔뜩 찌푸린 채 그녀들, 특히 복례를 눈도 깜빡이지 않고 주시했다.

복례는 피도 섞이지 않은 언니 함순주 품에 안겨서 숨이 끊어질 것처럼 흐느꼈다.

“으흐윽……. 흑흑… 언니야……. 집에 가고 싶슴다……. 우리 아매 보고 싶슴다…….”

그 모습을 보면서 우승희는 발끈해서 바락 소리를 지를 뻔한 걸 겨우 참았다.

‘울지 말라우! 너희래 공화국을 배신했으니끼니 이런 일을 당한 거이 앙이야?’

라고 말이다.

연길시 부르하통하강 하류 남쪽 공장 지대로 헤드라이트를 끈 SUV 2대가 소리 없이 천천히 굴러 들어와서 어느 공장의 긴 담 옆에 멈추었다.

두 대의 SUV는 도요타 랜드크루저다. 앞 차에는 김길우와 서동원이 탔으며, 뒤 차 운전석에는 다혜, 조수석에 정필이 앉아 있다.

예전에는 정필과 김길우가 단짝이었지만 다혜가 온 이후로 정필은 다혜하고만 같이 다녔다.

김길우로서는 많이 서운하지만 그게 정필의 뜻이 아니라는 걸 알기에, 그리고 정필의 김길우에 대한 신뢰가 변함이 없다는 사실을 믿기에 묵묵히 자신의 일에 최선을 다하고 있었다.

치이익―

―터터우, 여깁니다.

정필의 무전기에서 김길우 목소리가 흘러나왔다.

"차 돌려놓고 시동 끄고 대기하세요."

정필은 무전기를 대시보드에 놓고 다혜와 함께 내렸다.

앞 차에서 서동원이 내려 뒤 차 운전석으로 올라탔다. 정필과 다혜가 탈북녀들을 데리고 나오면 즉시 차에 태워서 출발하기 위해서 차를 시내 쪽으로 돌려놓으려는 것이다.

타탓!

정필과 다혜는 2m 높이의 담을 점프를 해서 두 손으로 잡고는 다람쥐처럼 가볍게 올라섰다.

담 너머는 마당이고 20m 전방에 커다란 공장 건물이 있는데 캄캄하고 조용하다.

정필이 몇 번 거래를 한 적이 있는 탈북 브로커가 준 정보에 의하면 이곳에 탈북녀들이 인신매매단에게 감금되어 있다고 했다.

탈북녀들은 기숙사에 감금되어 있다고 했는데 보통 기숙사는 공장 건물 뒤쪽에 있다.

탈북 브로커는 정필과 직접 만나지 않고 전화로 정보를 교환하고 정보가 정확하면 일이 끝난 후에 정필이 탈북 브로커 은행 계좌에 미리 정해놓은 금액을 송금해 준다.

그렇기 때문에 구태여 서로 만날 이유가 없으며 잘못될 확률도 그만큼 적다.

이번 정보를 준 탈북 브로커는 인신매매 같은 건 하지 않으며 탈북자들을 원하는 지역까지 안내하는 역할만 하는 순수한 브로커인데, 지금까지 봤을 때 대체적으로 그들의 정보는 정확한 편이다.

그들은 이런 정보를 주고 탈북녀 한 명당 2천 위안씩, 이번 경우에는 만 위안의 정보비를 받으므로 정필을 속이거나 함정에 빠뜨리는 경우는 없다. 서툰 짓을 해서 탈북 브로커의 본

업보다도 훨씬 짭짤한 부업을 날려 버리는 짓 따위를 할 바보
가 아니다.

탁!

간편한 복장의 정필과 다혜는 담에서 뛰어내려 마당을 가
로질러 공장 쪽으로 밤 고양이처럼 달려갔다.

우승희의 생체 시계에 의하면 지금쯤 11시가 넘었을 것이다.

방 안의 상황은 변함이 없다.

불을 꺼서 캄캄한 방 안에 4명의 여자는 울면서 서로를 위
로하다가 지쳐서 웅크린 채 잠이 들었고, 우승희는 처음의 그
자세 그대로 꼿꼿하게 앉아 있다.

물론 그녀는 잠이 들지 않았으며 머릿속으로는 끊임없이 생
각을 거듭하고 있다.

우승희는 이곳에 감금된 이후 먹을 것과 마실 것을 일체
먹지 못했지만 갈증과 허기를 좀 느낄 뿐이지 몸 상태나 정신
은 평온했다.

다만 11시가 넘었는데도 검은 천사가 나타나지 않아서 그
게 좀 신경 쓰일 뿐이다.

흑사파 졸개 말로는 검은 천사가 오지 않을 수도 있고, 온
다고 해도 언제 올지 모른다고 했다.

덜컥…….

우승희는 소변을 보기 위해서 일어나 플라스틱 통의 뚜껑을 열고 바지와 빤스를 조금 내렸다.

코끝조차 보이지 않을 정도로 어두웠지만 특수부대원인 그녀에겐 아무런 문제가 되지 않았다.

아무것도 하지 않고 가만히 있으면 소변이 자주 마려운 법이다. 아까 소변을 보고 나서 6시간쯤 지났으니까 소변을 볼 때가 됐다.

우승희는 소변을 보면서 오늘은 검은 천사가 오지 않을 것이라고 생각했다.

권보영과 흑사파가 연길에서 활동하는 탈북 브로커 여러 명에게 정보를 흘렸다던데 설마 검은 천사 귀에 들어가지 않았을지도 모른다는 생각이 들었다.

'내일까지만 기다려 보자.'

내일까지도 검은 천사가 오지 않는다면 이 덫은 효력을 잃었다고 봐야 한다.

덜컥…….

우승희가 소변을 절반쯤 봤을 때 누군가 밖에서 문의 빗장을 여는 소리가 조그맣게 들렸다.

우승희는 슬쩍 인상을 썼다. 그녀는 흑사파 졸개들이 또 탈북녀들을 끌어내서 강간을 하려는 것이라고 짐작하여 기분이 뒤틀렸다.

그것도 꼭 그녀가 오줌을 눌 때 들이닥치는 바람에 기분이
더 나빠졌다.

더구나 아까 상황하고 똑같았다. 그녀는 아직 오줌이 세차
게 나오고 있는 중이다.

확!

그때 문이 열리고 방 안에 불이 켜지며 갑자기 밝아져서 우
승희는 눈살을 찌푸리며 고개를 돌렸다.

"북조선에서 왔습니까?"

그런데 방 안으로 들어선 사람이 느닷없이 그런 말을 불쑥
했다. 굵직하면서도 나직한 그러면서 맑은 아주 듣기 좋은 목
소리다.

우승희가 쳐다보자 방 안에 두 사람이 들어와 있는데 검은
옷을 입었으며 키가 크고 체구가 당당한 사내가 그녀를 쳐다
보고 있으며, 작고 아담한 또 한 사람은 막 잠에서 깨어난 4명
의 여자에게 다가가고 있었다.

"북조선에서 왔습니까?"

우승희는 자신을 빤히 응시하면서 방금 전의 그 목소리로
다시 한 번 똑같은 질문을 하는 사내를 쳐다보았다.

아직도 오줌을 누고 있는 그녀는 갑자기 벌어진 상황 때문
에 자신을 응시하고 있는 사내가 검은 천사일 거라고는 추호
도 생각하지 못했다.

그러다가 그녀는 자신을 보고 있는 사내가 흑사파 졸개가 아니라는 것, 그리고 매우 잘생겼다는 사실 때문에 갑자기 한 가지 사실을 번쩍 깨달았다.

흑사파 엔시 소두목 변창수는 검은 천사가 무척 잘생겼다고 말했던 기억이 났다.

'검은 천사!'

검은 천사가 우승희에게 손을 내밀었다.

"갑시다."

그는 우승희가 소변을 보고 있는지 모르는 모양이다. 상의가 벗은 하체를 덮고 있기 때문인 것 같다.

정필은 눈앞의 여자가 플라스틱 통에 걸터앉아서 움직이지 않는 걸 보고 한 걸음 다가섰다.

"다쳤습니까?"

정필은 다혜가 4명의 여자를 데리고 방을 나가는 것을 쳐다보고는 다시 우승희를 보았다.

그 짧은 순간에 우승희는 재빨리 일어나서 바지와 빤스를 입으려고 했는데 늦고 말았다. 일어나는 것과 동시에 바지와 빤스를 잡으려고 아래로 손을 뻗는데 정필이 그녀 쪽으로 고개를 돌렸다.

정필은 우승희의 벌거벗은 아랫도리를 발견하고서야 그녀가 무엇을 하고 있었는지 알아차리고 그녀가 옷을 입을 때까지 기다려 주었다.

우승희는 눈을 내리깔고 재빨리 바지와 빤쓰를 추켜올렸다. 생판 모르는 남자, 그것도 자신이 최후에는 죽여야 할 검은 천사에게 벌거벗은 은밀한 부위를 보였다는 것 때문에 그녀는 기분이 더러웠다.

척!

"갑시다."

우승희가 어쩔 겨를도 없이 정필은 그녀의 손을 잡고 재빨리 방을 나갔다.

우승희는 자신의 손을 잡은 검은 천사의 손이 무척 크고 단단하며 따스하다는 것을 느꼈다.

기숙사 방들이 다닥다닥 붙어 있는 복도를 빠른 걸음으로 걸으면서 정필이 그녀를 돌아보았다.

"아픈 곳 없습니까?"

"없슴다."

정필을 쏘아보고 있던 우승희는 깜짝 놀라서 급히 표정을 풀면서 대답했다.

경황 중에 당황하여 쏘아붙이는 말투가 튀어 나갔는지, 아니면 그의 뒤통수를 노려보던 표정을 들킨 것은 아닌지 우승희는 마음이 영 뒤숭숭했다.

앞장선 다혜가 이끄는 4명의 탈북녀가 복도를 뛰어가는 바람에 뒤처지는 상황이 된 정필이 다시 우승희를 돌아보았다.

"뛸 수 있겠습니까. 아니면 내가 업겠습니다."

"일 없습다. 뛰갔습다."

무슨 헛소리를 하느냐는 듯 우승희는 정필의 손을 뿌리치고 그보다 앞서 빠르게 달려 나갔다.

타타탁탁탁—

그러다가 그녀는 이런 상황에서 자신이 뛰는 건 좋지 않다는 생각이 들었다.

더구나 그녀는 지금 전력으로 아주 힘차게 말처럼 질주하고 있는 중이다.

몸으로 하는 거라면 무엇이든 자신 있는 그녀지만 지금은 그걸 자랑할 때가 아니다.

"아……"

그녀는 갑자기 절룩거리면서 손으로 벽을 짚으며 아픈 척을 했다.

"괜찮습니까?"

정필이 급히 팔로 그녀의 허리를 안으며 부축했다. 누군가 그녀의 허리를 안은 것도 처음 있는 일이다. 나긋나긋한 허리로 정필의 강인한 팔뚝이 느껴졌다.

"어디가 아픈 겁니까?"

"아… 배가……"

우승희가 대충 둘러대자 정필이 즉시 허리를 굽히며 등을
내밀었다.

"업히세요."

"……"

우승희는 설마 업히라고 할 줄은 예상하지 못했기에 머뭇거
리고 있는데 정필이 뒤로 팔을 뻗더니 그녀를 덥석 등에 업고
는 뛰기 시작했다.

'이… 종간나새끼가……'

우승희는 정필의 뒤통수를 노려보며 와락 인상을 썼다.

그녀는 난생처음 남자 등에 업혀보았다. 두 다리를 활짝 벌
리고 몸의 앞면을 남자 등에 밀착시킨, 그리고 남자가 양쪽 허
벅지를 잡고 있는 아주 민망한 자세다. 더구나 그가 뛸 때마
다 하체가 들썩거리면서 은밀한 부위가 그의 허리에 방아를
찧으면서 문질러대고 있다.

"내 목을 안고 가슴을 등에 붙여요."

우승희는 유방이 정필의 등에 짓눌리는 게 싫어서 상체를
자꾸만 뒤로 젖히자 정필이 계단을 달려 내려가면서 빠르게
말했다.

우승희가 볼 때 정필은 잘 달리는 한 마리의 준마(駿馬) 같
았다. 기숙사에서부터 공장 담까지 300m 거리를 그녀를 업고
서도 빠른 속도로 거침없이 내달렸다.

더구나 달리는 도중에 강간을 당한 복례가 배를 움켜잡고 잘 뛰지 못하면서 뒤로 쳐지니까 한 팔로 그녀를 덥석 들어 올려 옆구리에 매달고 달리기까지 했다.

우승희는 폭풍군단에서 7년 동안 군 생활을 하면서도 이처럼 강인한 남자 군인을 한 번도 본 적이 없었다.

정필과 다혜는 인신매매단에게 붙잡혀 있던 5명의 탈북녀들을 아주 수월하게 구출해 냈다.

인신매매단에 붙잡힌 탈북녀들을 구하는 경우에는 이런저런 난관 때문에 애를 먹게 마련인데, 이번 일은 그냥 어떤 장소에 가서 탈북녀들을 데려오면 되었다.

인신매매단, 즉, 흑사파 졸개 몇 명이라도 탈북녀들을 지키고 있을 줄 알았는데 한 명도 보이지 않았다.

기숙사 아래층 사무실 같은 곳에 술을 마신 흔적이 있었지만 흑사파 졸개는 없었다.

탈북녀들이 감금되어 있으니까 안심을 하고 자러 간 것인지 아니면 외출을 한 것인지 아무튼 정필에겐 좋은 일이다. 그 덕분에 정필은 아무도 죽이거나 다치게 하지 않고 목적을 달성했다.

우승희는 복례와 함께 정필의 차에 탔다. 다른 탈북녀 3명은 뒤따르고 있는 김길우의 차에 탔다.

차에 탈 때 우승희는 검은 천사와 함께 들어온 아담한 체구에 모자를 쓴 사람이 여자라는 사실을 알게 되었다.

그가 차 운전석 문을 열고는 거기에 앉아 있는 남자에게 여자 목소리로 명령하듯 말했기 때문이다.

"뒤로 가요."

그래서 운전석에 있던 서동원은 우승희, 복례와 함께 뒷자리에 타고 조수석에는 정필이 앉았다.

정필은 서동원에게 담배 한 개비를 내밀고는 담배 2개비를 입에 물고 불을 붙여 하나를 다혜 입에 물려주면서 싱그럽게 미소를 지었다.

"수고했습니다."

아는 사람 없이 우승희하고 뒷자리에 탄 복례는 잔뜩 겁먹은 얼굴로 물었다.

"어디로 가는 거임까?"

서동원이 미소 지으면서 부드럽게 설명했다.

"너래 이자 자유다."

"……."

가자고 해서 무조건 따라서 나온 탓에 아직 상황을 전혀 이해하지 못한 복례는 어리둥절한 표정으로 서동원을 바라보았다.

"그기 무슨 뜻임까?"

정필을 따라다니면서 꽤 많은 탈북자를 구한 경험이 있는 서동원은 막내 여동생 같은 예쁘장한 복례를 보며 자상하게 설명했다.

"너래 인신매매단에 붙잡혀서리 팔려갈 처지에 있는 거이 우리가 구한 거이야."

"아……."

복례 얼굴이 복사꽃이 핀 것처럼 환해졌다.

"이자부터는 너래 북조선 고향 집에 가든지, 중국에서 돈을 벌든지, 남조선에 가든지 다 자유라는 말이다."

"그기 참말임까?"

복례는 두 손을 가슴에 모으고 믿어지지 않는다는 표정을 지었다.

"참말이잖고, 이자는 아무도 널 해치지 않을끼구마이."

"으흑흑… 고맙슴다……. 참말 고맙슴다……."

우승희는 오로지 자신의 임무 즉, 검은 천사를 매수하거나 죽이는 것만을 생각하고 있으므로 어느 누구의 말도 귀에 들어오지 않았다.

그렇지만 목적을 달성하기 위해서는 다른 탈북녀들처럼 행동해야만 하는데 그녀는 따로 그런 것을 배운 적이 없다. 탈북녀처럼 굴지 않는다면 검은 천사가 그녀를 의심할 것이고 임무는 수포로 돌아갈 수도 있다.

하지만 그녀는 복례처럼 강간을 당하지도 않았고 그리고 울지도 않으면서 그저 덤덤하게 앉아 있는데 그녀 자신이 생각해도 이러는 건 위험할 것 같았다.

잠시 궁리하던 그녀는 우선 복례를 이용하기로 마음먹었다. 탈북녀의 행동이라든가 그녀들의 형편이나 심정에 대해서는 아는 것이 전혀 없기 때문에 임기응변으로 잘 아는 걸 하기로 했다.

"이보시오. 여기 피가 흐릅다. 야가 아까 인신매매단에게 강간당했습다."

뒷자리 오른쪽에 앉은 우승희는 옆에 앉은 복례를 감싸듯이 안으면서 하소연을 했다.

그렇지만 그녀의 목소리는 군대에서 상명하복하던 말투라서 딱딱하기 짝이 없을 뿐만 아니라 절박함이나 한스러움 같은 것이 없다. 있다면 분노뿐이다.

그렇다고 해서 복례를 강간한 흑사파 졸개들에 대해서 그녀가 분노할 리가 없다.

그저 자신이 표적으로 삼은 대상인 검은 천사에 대한 분노를 이런 식으로 표출했다.

강간이라는 말에 서동원은 깜짝 놀랐고 정필이 복례를 뒤돌아보았다.

그렇지만 실내가 어둡기 때문에 복례 얼굴이나 피가 흐른다는 그녀의 하체는 보이지 않았다.

강간당했던 일이 생각 났는지 복례가 울음을 터뜨렸다.

"그 남자들이 저를 때리고 강간했슴다. 너무 아픔다……."

서동원은 안쓰러운 얼굴로 복례의 등을 쓰다듬었다.

"조금만 참아라. 이자 조금만 가면 다 왔다."

"네……."

복례는 수줍게 말하고는 우승희를 고마워하는 표정으로 바라보았다.

그러나 우승희의 얼굴은 단단하게 굳어 있었다. 다만 어두워서 보이지 않을 뿐이다.

정필은 흑천상사로 돌아와서 5명의 탈북녀를 3층으로 데리고 올라가 잘 곳을 지정해 주면서 오늘 밤은 푹 쉬라고 이르고는 2층 김길우네 집으로 내려왔다.

그런데 그때까지 소영과 송이는 자지 않고 거실에서 기다리고 있다가 현관으로 달려와서 반겼다. 마치 가장을 기다리는 가족 같은 모습이다.

"고생했슴다."

요즘 영실은 한식집을 오픈했기 때문에 무척 바빠서 여긴 들여다볼 겨를이 없다.

"아직 안 잤습니까?"

"정필 씨가 아직 앙이 오셨는데 어케 먼저 잠까?"

송이가 뭐가 재미있는지 웃으면서 말했다.

"소영 언니가 주인님 진짓상 차려 드려야 한댔슴다. 오라바이 앙이 계실 때면 소영 언니는 오라바이를 주인님이라고 부르는 거이 아심까?"

김길우가 거실 소파에 앉으면서 웃었다.

"소영 씨, 터터우께서 주인님이우까?"

"고럼 아임까? 내 목숨은 정필 씨 앙이 주인님 꺼야요. 길우 씨는 고렇게 생각 앙이 함까?"

김길우는 고개를 끄떡였다.

"소영 씨 말이 맞수다. 나뿐만 아이라 터터우는 우리 모두의 주인님임다. 다들 그렇게 생각하고 있을 거우다."

정필은 파카를 벗으면서 고개를 흔들었다.

"아닙니다. 우리는 동료고 친구입니다. 절대 그런 말도 그런 생각도 하지 마세요."

저녁 식사가 밤참이 돼버렸다.

하루 일과가 끝나면 언제나 그랬던 것처럼 정필은 술을 마셨다. 은애가 훌쩍 떠나고 나서 그는 술에 취하지 않으면 잠을 이루지 못하는 습관이 생겼다.

흑천상사의 업무는 김길우가 지시를 하고 새로 들어온 이범택, 노장훈, 안지환이 잘 해나가고 있어서 정필은 거의 관여하지 않고 있다.

정필과 김길우, 서동원 3명은 탈북자를 돕는 일보다는 혹천상사 업무를 전담하는 편이다.

"오늘도 북조선 여자들 구했슴까?"

소영이 정필 옆에 앉아서 그의 잔에 술을 따르고 안주를 챙기면서 궁금한 얼굴로 물었다.

"5명 구했소."

김길우가 대신 설명했다.

"그런데 17살짜리하고 22살짜리가 강간을 당했소."

"저런……."

송이와 서동원은 피곤하다면서 밥을 먹자마자 자러 갔다. 송이는 혼자 쓰는 안방 맞은편 작은 방으로, 서동원은 가족이 있는 2층의 자신의 아파트로 갔다.

김길우는 아내와 아들을 대한민국으로 보낸 후부터 가족에 대한 그리움 때문에 잠을 잘 이루지 못해서 자주 정필의 술친구가 돼주었다.

소영은 항상 이 집에서 맨 마지막에 자는 사람이다. 그녀는 특히 정필의 침대 정리는 물론이고 내일 아침에 갈아입을 속옷까지 그의 방에 갖다 두고 나서 문단속을 철저하게 한 다음에 잠자리에 들었다.

술이라면 밥보다 더 좋아하는 다혜는 정필 맞은편 김길우 옆에 앉아서 줄기차게 술을 마셔대고 있다. 머리와 어깨, 허벅지의 상처가 아직 완전히 아물지 않아서 술을 마시면 안 되는데도 그런 건 아랑곳하지 않았다. 정필이 몇 번 말렸지만 들으려고 하지 않았다.

김길우가 탄식을 했다.

"휴우…… 어째서 인신매매 새끼들은 북조선 여자들만 보면 강간을 하는 거인지 모르겠소."

소영이 착잡하게 말을 받았다.

"북조선 여자들은 너무 착하고 아무것도 몰라서리 이쪽 조선족 남정네들 밥임다, 밥."

"즘생(짐승)새끼들……"

김길우가 이를 갈 듯이 중얼거리자 다혜가 빈 잔을 내려놓으면서 툭 내뱉었다.

"그건 인간 새끼들이라서 그런 거예요."

"그게 무슨 말임까?"

정필은 술을 많이 마시는 편인데 다혜는 그보다 두 배는 마시지만 워낙 술이 세서 잘 취하지 않는다.

"원래 발정난 수컷은 암컷만 보면 교미를 하려고 달려드는 게 자연의 섭리예요."

가방끈이 짧은 김길우와 폐쇄된 사회에서 살아온 소영으로

선 다혜의 논리가 뜬금없었다.

소영은 얼굴을 붉히면서도 궁금한 듯 가만히 있고, 김길우는 취기 오른 얼굴로 다혜를 쳐다보았다.

그 눈빛에는 '여자가 섹스에 대해서 뭘 알겠어?' 하는 남성 우월의 기색이 역력했다.

"짐승들은 암컷이라면 아무하고나 교미를 하잖습까?"

"짐승들은 바람피우는 게 나쁜 것인지 몰라요. 짐승들은 일부일처라는 개념이 없기 때문이에요."

"일… 부일처가 뭡까?"

다혜는 손가락으로 김치를 집어먹고는 고춧가루 묻은 검지를 세웠다.

"수컷 한 마리에 암컷 한 마리. 인간으로 치면 남자 한 명에 여자 한 명. 그게 일부일처예요."

소영은 다혜 얘기에 빠져들었고 김길우는 흥미 있는 얼굴로 맞장구를 쳤다.

"고롬 인간은 일… 부일처 아임까?"

"그렇죠. 그렇지만 짐승들은 대부분 일부일처 같은 거 하지 않아요. 그 대신 짐승들은 아무 때나 교미를 하지 않고 발정기 때만 해요."

"아……. 개새끼들 발정 나는 거 봤슴다."

소영은 묵묵히 술 마시는 정필을 시중들면서 그의 얼굴을

힐끗 쳐다보고는 얼굴이 화끈거려 얼른 고개를 숙였다. 발정
이라는 말이 그녀를 부끄럽게 만들었다.

다혜가 거들먹거렸다.

"아…… . 중요한 강의하고 있는데 이거 술 따라주는 사람도
없구만그래."

"죄송함다."

김길우가 얼른 굽실거리며 술을 따랐다. 다혜는 무조건 맥
주, 그것도 중국에서는 하이얼맥주 팬이다.

"인간은 짐승들처럼 발정을 하지 않아요."

"예? 말도 안 됩다."

"말도 안 되다니, 무슨 말을 하고 싶은 건가요? 발정이 나지
않으면 언제 섹스를 하느냐 그건가요?"

"그… 렇습다."

"인간은 발정이 나지 않으니까 아무 때나 하는 거예요. 길
우 씨도 부인이랑 언제 하자 날짜 정해놓고 한 게 아니라 아
무 때나 했었죠? 할 때 발정했었나요? 아니죠?"

"그… 렇습다."

"언제 했죠?"

"언제라니…… ."

"언제는 언제겠어요. 꼴릴 때 했겠죠."

"…… ."

남자인 김길우마저도 얼굴이 확 달아오르는 노골적인 얘기라서 소영은 얼굴이 빨개졌다.

다혜는 아예 멍석을 깔았다.

"짐승 세계에선 아예 강간이라는 개념이 없어요. 발정기가 되면 수컷이 암내를 폴폴 풍기는 암컷 뒤를 졸졸 따라다니면서 궁둥이에 코를 박고 온갖 구애를 다 하죠. 그래서 암컷이 승낙하면 그때 교미를 하는 거예요. 동물마다 다르지만 대체적으로 한 달에 한 번 꼴인데 인간 여자로 치면 월경이 끝나고 배란기 때에요. 여자도 배란기 때가 되면 괜히 암내를 풍기면서 남자가 그리워지고 섹스가 더 하고 싶은 거예요. 말하자면 인간은 여자만 발정을 하는데 그게 배란기 때죠. 배란기 때의 여자는 유두가 단단해지고 음부에 혈액 순환이 잘 돼서 쉽게 흥분하는 거예요."

"아……."

소영은 찔끔해서 다혜와 눈이 마주치지 않으려고 얼른 고개를 숙였다.

지금 배란기라서 다혜가 말하는 현상이 몸에서 벌어지고 있는 소영은 다혜에게 자신의 상태를 들킨 것 같아서 고개를 들지 못했다.

"그렇지만 인간은 여자가 배란기든, 월경을 하든 아무 때나 하잖아요."

결국 김길우는 더 이상 견디지 못하고 백기를 들었다.

"그… 건 모르겠습다."

탁!

"모르긴 뭘 몰라요?"

정필이 빙긋 미소를 지으면서 일어나 화장실에 다녀올 때까지도 대화, 아니, 다혜의 해박한 성 지식 강의는 계속 이어지고 있었다.

"그러니까 강간을 하는 남자에게 '짐승 같은 놈'이라고 하는 건 틀린 말이에요."

깊이 공감한 김길우는 고개를 끄떡였다.

"그렇군요."

"그럼 뭐라고 불러야 하죠?"

"이런 인간 같은 놈… 인가요?"

"맞아요. 동물계에서 가장 포악하고 잔인한 존재가 바로 인간이에요. 강간도 인간만 하잖아요."

다혜는 꽤 취했다. 정필이 그녀를 봐온 이후 오늘이 가장 많이 취한 것 같다.

다혜가 그 정도 취했으니 정필이나 김길우, 심지어 소영까지도 당연히 꽤 취한 상태가 됐다.

하지만 정필을 비롯한 주위 사람들 중에서 주사가 있는 사람은 아무도 없었다.

다혜의 잔에 술이 떨어지자 소영은 발딱 일어나서 차가운 하이얼맥주를 가지러 냉장고에 다녀와 그녀 잔에 찰랑찰랑 부어주었다.

시계가 새벽 2시를 가리키는데 누구 한 사람 그만 마시자는 사람이 없다. 하긴 정필이 그냥 앉아 있는데 누가 먼저 일어나겠는가.

"길우 씨 오래 굶었죠?"

다혜가 불쑥 묻자 김길우는 무슨 말인지 몰라서 어리둥절한 표정을 지었다.

"밥… 말임까?"

"섹스 말이에요. 부인하고 마지막으로 한 게 언제에요?"

"그야……"

'섹스'라는 말을 처음 들어본 소영이지만 말의 흐름상 그것이 남녀 간의 은밀한 행위라는 것을 알아차리고 부끄러워서 어쩔 줄 몰랐다.

정필은 원래 누구의 말에도 신경을 쓰지 않는 성격이라서 지금도 묵묵히 술만 마시고 있을 뿐이다.

"부인이 작년 12월 20일에 여길 떠났으니까 길우 씨는 그때부터 거의 한 달 동안 독수공방이었겠네요."

"하… 참, 이거……"

얼굴이 벌개진 김길우는 머리를 긁적였다.

다혜는 상체를 조금 흔들거리면서 김길우와 소영을 번갈아 가리켰다.

"멍청하게 왜 굶고 있어요……? 여기 소영 씨도 많이 굶었을 테니까 서로 상부상조하는 거예요. 누이 좋고 매부 좋고… 죽으면 썩을 몸 아껴서 뭐 해요? 강간하는 것만 아니면 서로 눈이 맞아서 하는 건 괜찮지 않겠어요?"

"옴마야……."

소영은 화들짝 놀라서 정필 뒤로 숨었다.

다혜의 화살이 소영에게 날아갔다.

"소영 씨도 남편 죽은 후로는 쭉 굶었을 테니까 남자가 그리울 거 아닌가요?"

다혜는 고개를 절레절레 흔들었다.

"그런 건 자위하는 걸로 해결 안 되요. 감질만 나지."

정필이 벌떡 일어났다.

"다혜 씨, 들어가서 자요."

"아직 술 마시고 있는데 뭘 벌써 잠을……."

정필은 다혜를 번쩍 안아서 강제로 방으로 데려가서 옷 입은 채로 침대에 눕혔다.

"내일 아침에 봅시다."

정필이 이불을 덮어주니까 다혜는 조금 앙탈을 부리더니 이내 코를 골면서 잠에 빠져들었다.

다혜를 재우고 와서도 술자리는 계속 됐고 어색한 침묵도 계속 됐다.

　"영혼이라는 게 있다고 생각합니까?"

　그러다가 정필이 불쑥 입을 열었다. 술자리 내내 은애에 대해서 생각하다가 나온 말이다.

　김길우와 소영은 의아한 표정을 지었다가 똑같이 고개를 끄떡였다.

　"저는 있다고 생각함다."

　"물론임다. 영혼은 있슴다."

　두 사람은 자신들이 어째서 영혼의 존재를 믿는지에 대해서 구구절절 설명했다.

　"우리 마을에 두만강에서 놀다가 빠져 죽은 여자아이가 있었슴다. 그런데 그 아이 시체도 건지지 못했는데 부모가 어케 했는지 아심까?"

　"어떻게 했습니까?"

　소영은 그때 생각을 하는지 두 손을 기도하듯이 모아 가슴 앞에 세웠다.

　"아이의 혼령을 저승에 보내려고 방토를 했슴다."

　김길우가 보충 설명을 했다.

　"방토는 굿입니다. 굿을 했다는 거임다."

"북한에서는 김부자가 유일한 신이라서 미신이 금지된 것으로 아는데."

소영이 손을 내저었다.

"하이고! 말도 말기요. 점 보고, 부적 적어서 붙이고, 사주팔자, 관상, 굿하고 앙이 하는 거이 없슴다. 나라가 뒤숭숭하니까니 너도나도 다 그런 거이 함다. 남조선보다 더 하면 더 했지 절대로 못 하지 앙이 함다."

소영은 두만강에서의 굿 얘기를 계속했다.

"방토 마지막 판에 무당이 두만강으로 수탉 한 마리를 날렸슴다. 그랬더이 수탉이 강으로 파닥거리면서 날아가서 물에 내렸다가 돌아왔는데 수탉 주둥이에 강에 빠져서 죽은 여자아이가 머리에 했던 머리삔이 물려 있더란 말임다."

"그게 정말입니까?"

"정말임다. 여자아이 아매가 그걸 보고는 자기가 장날에 사다준 머리삔이 맞다고 눈이 붓도록 울지 않았겠슴까?"

정필은 원래 미신 같은 걸 믿지 않는 사람이지만 지금은 소영의 말을 믿고 싶었다.

그 자신이 혼령인 은애와 오랫동안 같이 한 몸처럼 생활을 했기 때문에 믿지 않을 수가 없다.

"기래서 아이 부모가 아이의 혼령이 저승에 갈 때 노잣돈으로 쓰라고 가짜 종이돈을 태우고 저승 갈 때 입으라고 고운 옷을 태우고 했슴다."

정필은 크게 공감해서 고개를 끄떡였다.

"그렇군요."

소영은 잠자리를 봐준다면서 정필보다 먼저 그의 방으로 달려가서 침대의 이부자리를 손보는데 취한 탓에 이리저리 비틀거렸다.

"이제 됐습니다. 소영 씨도 가서 자요."

"이거이 마저 하갔슴다."

정필이 그만 하라는데도 고집을 부리면서 비틀거리던 소영은 침대 옆에 풀썩 주저앉았다.

"옴마야……."

"그것 보세요."

정필이 소영을 부축해서 일으키려는데 다리가 풀린 그녀는 일어나는 것도 어려운 모양이다.

결국 정필이 그녀를 달랑 안아서 맞은편에 있는 그녀의 방으로 향했다.

"옴마……. 으찌나……. 미안함다, 주인님……."

소영은 정필에게 안겨서 어쩔 줄 모르고 허둥거렸다.

정필이 그녀에게 이름을 부르라고 시켜서 평소에는 '정필 씨'라고 부르고 있지만 아마 그것은 억지로 부르는 호칭인 것 같다.

아까 송이가 말했듯이 소영의 마음속에서는 정필을 '주인님'으로 여기고 있기 때문에 많이 취한 상태에서 '주인님'이라는 말이 저절로 흘러나왔다.

정필은 소영을 그녀의 침대에 눕히고 이불까지 잘 덮어주고는 돌아섰다.

"아… 주인님……."

소영의 부르는 소리에 정필은 다시 돌아서 침대 옆으로 다가갔다.

캄캄한 어둠 속에서 소영은 눈을 꼭 감고 열뜬 목소리로 중얼거렸다.

"저는 그거 하고 싶습다……. 너무 오래 하지 않았습다……. 기래서 밤에 혼자 자는 거이 무섭습다……."

정필은 측은하게 그녀를 굽어보았다. 그녀도 성숙한 젊은 여자인데 당연히 남자가 그리울 것이다.

"아아… 너무 덥습다……. 죽갔습다… 주인님……."

소영은 몸부림을 치면서 이불을 차내고 벌떡 일어나더니 몸을 흔들면서 티셔츠와 치마를 벗기 시작했다.

"소영 씨."

그렇지만 정필은 그녀의 이름을 부르기만 할 뿐 손을 대지 못하고 당황했다.

그가 당황하고 있는 사이에 소영은 어느새 브래지어와 팬티만 입은 몸이 되었는데 그마저도 벗으려고 했다.

"그만하세요."

결국 정필은 브래지어를 벗고 막 팬티마저 벗으려는 그녀의 어깨를 잡고 똑바로 눕혔다.

"주인님……."

"주인님이 아니라 정필 씨입니다."

정필이 이불을 덮어주려는데 소영이 두 팔로 그의 목을 덥썩 끌어안았다.

"주인님… 아께 다혜 씨가 그랬잖습까……. 죽으면 썩을 몸인데 뭐를 아끼냐고 말임다……. 아아… 주인님도 하고 싶지 않습까? 주인님은 남자가 아임까……."

정말이지 소영이 정필의 뺨과 귀에 뿜어대는 입김은 펄펄 끓는 주전자의 김처럼 뜨거웠다.

정필은 피가 끓는 젊은 남자라서 여자하고 하루에 몇 번이라도 섹스를 할 수 있다.

게다가 그는 너무 오래 굶어서 여자가 손으로 슬쩍 건들기만 해도 사정을 할 것 같은 상태다.

하지만 이러는 건 아니다. 취중이라서 왜 이게 아닌 것인지는 정리가 되지 않지만, 어쨌든 이러는 건 아니라는 생각이 들었다.

섹스는 사랑하는 여자하고만 한다는 고정관념이 뇌리에 박혀 있기 때문일 것이다.

정필은 힘을 주어 소영을 떼어내고 돌아서 문으로 걸어갔다.

"주인님… 아아……. 한 번만……"

뒤에서 소영의 뜨겁고도 안타까운 신음 소리가 들렸지만 그대로 불을 끄고 밖으로 나와 문을 닫았다.

그렇지만 정필은 소영이 추잡하다는 생각이 들지 않았다. 다만 불쌍할 뿐이다.

제39장
자살 방법

　정필은 너무 바쁜 나머지 영실의 한식당 개업식에도 참가하
지 못했었다.

　그때 정필은 다혜, 김길우, 서동원을 데리고 심양에 갔었다.
그곳 술집으로 팔려간 탈북녀들을 구하러 갔었으며 수렁에
빠져 있던 7명의 탈북녀를 무사히 구해왔었다.

　오늘 김길우와 서동원은 흑천상사 3층에 묵고 있는 탈북녀
들의 중국 공민증을 만들러 갔고, 정필은 다혜와 함께 영실네
한식당 '삼천리강산'에 가기 위해서 출발했다. '삼천리강산'이라
는 상호는 영실이 지었다.

개업식 때 가보지 못하기도 했었고 정필은 오늘 삼천리강산에서 김낙현과 장중환 목사를 만나기로 했다.

영실네 한식당 삼천리강산은 연길 시내에서도 가장 번화한 하남교(河南橋) 남쪽 장백산서로가 시작되는 강변에 자리를 잡고 있다.

연길 시내를 관통하여 서쪽에서 동쪽으로 흐르는 부르하통하강 남북 양쪽에는 강변도로가 길게 이어져 있는 탓에 강변에 있는 건물에서 강에 가려면 폭 넓은 6차선 강변도로를 건너야만 한다.

그런 이유로 강변의 건물에서 부르하통하강 풍경을 보려면 최소한 5층 이상의 높이여야만 가능하다.

하지만 한식당 삼천리강산이 있는 4층 건물은 강변도로 너머 강가에 바싹 붙어 있어서 창문만 열면 바로 아래가 유유히 흐르는 강이다.

연길시를 통틀어서 경치가 가장 좋은 위치는 천지교(天地橋) 남쪽과 하남교 남쪽 사이 300m 길이의 자투리땅에 지어진 5채의 건물이며, 그중에서도 삼천리강산이 있는 건물은 한가운데에 자리를 잡고 있다.

처음에 정필은 이 건물의 1층과 2층에 세를 들어 영실의 한식당을 열려고 했으나 이미 세 들어 있는 10여 개의 점포가 갖가지 이유를 들어서 나가지 않으려고 속을 썩이는 바람에

결국 하는 수 없이 건물을 통째로 사들여서 점포들을 깡그리 내쫓는 방법을 써야만 했었다.

정필과 다혜를 태운 레인지로버는 부르하통하강을 향해 하남로를 북쪽으로 달리고 있다.

어젯밤에 지나치게 과음을 한 정필과 다혜, 김길우는 소영이 끓여준 시원한 북엇국에 밥을 말아서 한 그릇 뚝딱 먹고는 웬만큼 속이 풀렸다.

아침 밥상은 송이가 차렸다. 밥과 북엇국 같은 것들은 소영이 만들었지만 정필이 일어났을 때 소영은 보이지 않고 송이가 밥을 차리고 있었다.

정필은 소영이 지난밤의 일을 기억하고 있는 탓에 그게 부끄러워서 정필의 얼굴을 마주 대하지 못하고 자기 방에 숨어 있는 것이라고 생각했다.

그렇지만 정필은 소영이 실수를 했다고 생각하지 않았다. 인간인 이상 누구나 그럴 수 있으며, 소영의 행동은 실수라기보다는 어떤 절박함 같은 것이었다. 최소한 정필은 그렇게 생각했다.

성욕(性慾)은 식욕(食慾), 수면욕(睡眠慾)과 함께 인간이라면 누구나 기본적으로, 그리고 필수적으로 갖고 있으면서 느끼고 해결해야만 하는 욕구라고 하는 것을 정필은 언젠가 들은 적이 있다.

식욕은 먹고 싶은 것이고 수면욕은 자고 싶은 것이다. 배가 고프면 배가 고프니까 떳떳하게 먹을 걸 달라하고, 졸리면 졸리니까 자야겠다고 천연덕스럽게 말하면서, 섹스를 한 지 너무 오래 됐으니까 섹스하고 싶다고 말하는 것을 부끄러워하는 것은 뭔가 이상하다고, 단순하지만 정직한 정필은 생각하고 있다.

그러니까 정필이 봤을 때 소영의 행동은 절대 실수가 아닌 것이다. 배고프니까 밥을 달라고 한 것이나 다름이 없는 일이기 때문이다.

달리 말한다면 나도 배가 고프고, 너도 배가 고프니까 우리 같이 밥을 먹자는 뜻이었다.

성욕만큼은 겉으로 드러내서는 안 된다고 누가 정해놓은 것인지 궁금하다.

조수석의 다혜가 담배 연기를 길게 뿜어내면서 오늘 첫 말문을 열었다.

"정필 씨 고자예요?"

그런데 그녀가 오늘 처음으로 한 말치고는 고약했다.

"무슨 뜻입니까?"

다혜는 두 다리를 포개서 대시보드에 얹고 시트를 젖혀서 거의 누운 자세로 담배 연기를 뿜으며 태연하게 말했다.

"소영 언니가 하자고 하는데 왜 안 했어요?"

지난밤에 소영과 정필에게 일어난 일을 다혜가 보거나 들은 모양이다.

"소영 언니나 정필 씨 둘 다 많이 굶었잖아요. 그런데 왜 안 했냐고요."

정필이 가만히 있으니까 다혜가 매우 느긋하게 담배를 빨고 나서 말을 이었다.

"소영 언니 꽤나 매력적이잖아요. 얼굴도 예쁜데다 그런 글래머 몸매는 굉장한 거예요. 게다가 홀몸이고, 정필 씨도 혼자인데 문제될 거 없잖아요?"

"다혜 씨."

"사랑하지도 않는데 어떻게 섹스를 하느냐는 식의 고리타분한 얘길 한다면 정말 실망이에요."

정필은 그 얘길 하려다가 입을 다물었다.

"배가 고파서 돌아가실 것 같은 상황에서 누가 밥을 준다고 하면 아이고 고맙습니다, 하고 감사한 마음으로 얼른 받아 먹어야지요."

"흠."

"얼마나 하고 싶었으면 소영 언니가 먼저 손을 내밀었겠어요? 칭찬할 만큼 용기 있는 일이었어요. 정필 씨보다 훨씬 낫죠. 그런데 그걸 매정하게 거절했으니 소영 언니가 창피해서 얼굴도 못 드는 거예요. 정필 씨 거기까진 미처 생각하지 못했죠?"

정필 얼굴이 조금 변하는 것을 보고 다혜가 말을 이었다.

"소영 언니 같은 소심하고 착한 성격이 그렇게 먼저 손을 뻗기 위해서는 대단한 용기가 필요했을 거예요. 비록 술의 힘을 빌리기는 했지만 소영 언니의 진심이 100%였다는 사실에 내 목숨을 걸 수 있어요."

그러고 보니까 그렇다. 이제 생각하니까 소영은 그냥 술김에 그런 것이 아니었던 것 같다.

그전에도 술을 같이 마신 적이 여러 번 있었으나 어젯밤 같은 일은 한 번도 없었다.

"죽을힘을 다해서 용기를 냈는데 정필 씨한테 거절을 당했으니 소영 언니 죽고 싶은 심정일 거예요. 나 같으면 창피하고 자존심 상해서 그냥 목매달아서 죽었을 거예요."

정필이 생각하기에도 다혜의 말은 과장이 아닐 것 같아서 표정이 굳어졌다.

지금에 와서 냉정하게 생각해 보니까 소영은 충분히 그러고도 남을 여자다. 그런 생각을 하니까 소영이 괜찮은지 더럭 걱정이 됐다.

"정필 씨."

"……."

다혜가 목소리를 깔았다.

"불교에서는 보시(布施)라는 말이 있어요. 불교, 그러면 자비 잖아요. 그러니까 보시라는 것은 타인에게 여러 가지 자비를 베푸는 거예요. 재물이든, 뭐든 헐벗은 사람이 원하는 걸 베푸는 거죠."

정필은 묵묵히 듣고만 있는데 자꾸 소영이 마음에 걸렸다.

"그런데 오랫동안 섹스를 못 한 사람이 있어요. 그것도 굶주리고 헐벗은 거예요. 그런 사람에게 보시를 하는 것을 속된 말로 육보시(肉布施)라고 해요. 몸으로 자비를 베푼다는 뜻이죠."

정필이 자기를 힐끗 쳐다보자 다혜는 더욱 정색을 하고 말을 이었다.

"죽을 만큼 섹스가 하고 싶은데 할 수 있는 방법이 전혀 없는 사람에게 육보시를 베푸는 것은 한 사람의 목숨은 살리는 것이나 다름이 없다고 생각해요. 반면에 해주지 않아서 그 사람을 죽게 만든다면 간접 살인을 하게 되는 것이죠. 이런 건 한 마디로 최악이에요."

정필은 기분이 씁쓸해졌다. 그는 마치 세상을 달관한 사람처럼 읊어대는 다혜는 과연 성욕을 어떻게 해결하는지 궁금해졌다.

"다혜 씨는 어떻게 참습니까?"

"참긴 왜 참아요? 나는 거의 매일 해요."

"······."

정필은 괜히 쓸데없는 걸 물어봤다가 본전도 못 건진 것 같은 기분이 들었다.

그렇지만 다혜가 도대체 누구하고 거의 매일 섹스를 하는지 물어보지 않을 수가 없다.

"누구하고 합니까?"

집에 남자는 정필과 김길우뿐이다. 아니, 같은 2층에 서동원도 있고 안지환 등 다른 직원들도 있다.

다혜가 한밤중에 은밀하게 그들 중에 한 사람을 만나서 사랑을 나누었을 수도 있지만 가능성은 희박하다. 다혜처럼 깐깐한 여자가 아무리 성욕이 넘친다고 해도 아무 남자하고 섹스를 할 리가 없다.

다혜는 희고 긴 손가락을 내밀어서 꼬물거려 보였다.

"누구하고 하겠어요? 사진 속의 내 애인을 보면서 이걸 사용해서 자위하는 거죠."

"허어······."

"나는 아직까지 내 손으로 자위하는 것보다 절정의 오르가즘을 느끼게 해준 남자를 만나본 적이 없어요. 물론 내 애인은 빼고요."

"자위입니까?"

다혜는 눈을 반짝이면서 정필을 바라보았다.

"정필 씨는 자위 안 해요?"

정필은 실소를 머금었다.

"그만둡시다."

다혜가 또 손가락을 꼬물거렸다.

"자위할 줄 모르면 내가 가르쳐 줄 수도 있고 말만 잘하면 직접 해줄 수도 있어요."

정필은 아예 대꾸를 하지 않았다.

그런데 다혜가 휴대폰을 꺼내더니 번호를 누르면서 말했다.

"소영 언니한테 전화할 테니까 정필 씨가 한 마디 해줘요."

뚜르르르…….

"소영 언니가 아직까지 살아 있다면 전화 받겠죠."

지금 이 시간에 집에는 소영 혼자뿐이니까 전화는 그녀가 받을 것이다.

슥―

다혜가 정필에게 말없이 휴대폰을 내밀었다.

정필은 한 손으로 운전하면서 휴대폰을 받아 귀에 댔다.

―여보세요…….

무척이나 힘없는 소영의 목소리가 들렸다.

"소영 씨."

―…….

정필의 말에 소영은 아무 말도 하지 않았다. 정필도 그렇게 말해놓고는 무슨 말을 어떻게 해야 할지 몰라 그저 가만히 있었다.

"사랑한다고 그래요."

정필은 그렇게 중얼거리는 다혜를 쳐다보았다.

"정필 씨, 탈북녀들 다 사랑하잖아요. 그런 마음 없이 어떻게 이런 일을 시작했겠어요? 그게 그렇게 쉬운 일인 줄 알았어요?"

다혜 말이 맞다. 정필은 처음에 단순하게 탈북자들을 구하자는 마음 하나만으로 이 일에 뛰어들었지만 탈북자들을 구하는 것만이 전부가 아니다.

그건 단지 시작일 뿐이다. 구했으면 끝까지 책임을 져야만 하는 것이다.

이윽고 정필은 가라앉은 목소리로 진심을 담아 휴대폰에 대고 말했다.

"소영 씨, 사랑해요. 내 맘 알죠?"

―어흐흐흐흑!

소영이 얼마나 세차게 울음을 터뜨리는지 다혜 귀에도 똑똑히 들렸다.

다혜는 정필이 건네주는 휴대폰을 받아 통화를 끊고 입술을 삐죽거렸다.

"'내 맘 알죠?'는 또 뭐야? 남녀 간으로 사랑하는 게 아니라

보호자로서 사랑한다는 마음을 아느냐, 그건가요? 하⋯ 참. 어이가 없네."

다혜가 정필의 내심을 정확하게 찔렀다.

북한 식당 묘향산 뒤쪽 주차장에 차를 댄 권보영은 골목을 나와서 묘향산 입구를 향해 대로를 걸어가고 있고, 그 뒤에서 부관이자 운전수인 장간치가 따라왔다.

남자처럼 성큼성큼 걷던 권보영은 문득 도로 맞은편 건물 1층에 커다란 화환 수십 개가 줄지어 늘어서 있는 것을 발견하고 걸음을 멈추었다.

"저건 뭬이야?"

부관 장간치가 종종걸음으로 뛰어와서 권보영 뒤에 바싹 멈춰서 도로 건너편에 얼마 전에 새로 생긴 한식당을 쳐다보면서 설명했다.

"며칠 전에 새로 생긴 한식당입네다."

"기래? 우리 공화국에서 하는 거네?"

"그건 아닌 거 같습네다."

"맛있네?"

"앙이 가봐서리 모릅네다."

"그렇다면 가보자우."

권보영은 말이 끝나자마자 차들이 씽씽 달리는 도로에 뛰어들어 건너가기 시작했다.

"사장님! 전 사장은 어캅네까?"

"저 집으로 델구오라우!"

권보영은 뒤도 돌아보지 않고 외치고는 도로를 건너 건너편에 새로 생긴 한식당 삼천리강산 입구로 걸어갔다.

권보영은 보위부 연변사무소 대장이지만 사석에서는 '사장'으로 호칭된다.

전 사장이라는 것은 권보영이 오늘 묘향산에서 만나기로 한 흑사파 연길두령 전창준을 말하는 것이다.

빠앙—

차도를 건너 인도에 올라서 삼천리강산 입구로 걸어가던 권보영은 도로에서 인도로 들어서고 있는 한 대의 SUV가 갑자기 경적을 울리자 걸음을 멈추고 힐끗 날카롭게 차를 쳐다보았다.

도로에서 인도를 지나 삼천리강산 옆 골목으로 들어가려던 정필은 막 차 앞으로 걸어 들어오는 여자를 향해 경적을 울리고는 가볍게 움찔했다.

'권보영!'

짙은 레이밴 선글라스를 쓰고 있는 정필은 차 앞에 선 권보영이 비키지 않고 자신을 빤히 쏘아보는 것을 보고 움찔 몸이 굳었다.

그는 권보영이 비키지 않고 우뚝 서서 쏘아보는 걸 보고 그녀가 자신을 알아봤다고 생각했다. 하지만 앞창 선팅이 짙어서 권보영에게서는 정필이 보이지 않았다.

그때 다혜가 창을 열고 얼굴을 창밖으로 내밀더니 중국말로 권보영에게 앙칼지게 소리쳤다.

"안 비키고 뭐 해요!"

권보영이 이번에는 차창 밖으로 얼굴을 내민 다혜를 쳐다보며 되받아쳤다.

"야! 이 뙤년아! 너 나한테 죽고 싶니?"

그런데 권보영 입에서 튀어나온 욕설은 한국말, 아니, 함경도 사투리다.

함경도 욕을 듣고 가만히 있을 다혈질의 다혜가 아니다. 그녀는 왈칵 차 문을 열고 밖으로 달려 나갔다. 정필이 급히 그녀를 붙잡으려고 했지만 이미 늦었다.

정필처럼 짙은 레이벤 선글라스를 쓴 다혜는 물고 있는 담배를 퉤 뱉으면서 권보영에게 곧장 걸어가며 쨍한 목소리로 말했다.

"니 눈에는 내가 뙤년으로 보이냐? 이 쌍년아! 엉?"

권보영은 다혜가 득달같이 차에서 내려 자신에게 다가오는데다 한국말로 욕을 퍼붓자 어? 하는 표정을 지었다.

170㎝의 권보영과 168㎝의 다혜는 키가 비슷했다. 권보영은 북한이나 연길에서는 보기 드문 큰 키와 대단한 미모의 소유자인 다혜가 한 걸음 앞까지 바싹 다가들면서 딱딱거리자 조금 뜻밖이라는 표정을 지었다.

"빵빵 소리가 나면 비켜야 할 거 아냐? 엉? 어디에서 눈 똑바로 뜨고 노려보는 거냐, 너?"

"이 쌍간나 에미나이……."

'쌍간나' 소리를 듣자마자 다혜의 구둣발이 권보영의 정강이를 번개같이 걷어찼다.

딱!

"윽!"

서로 한 걸음 거리까지 다가와서 바싹 붙어 있었기 때문에 권보영은 다혜가 느닷없이 조인트를 깔 줄은 예상하지 못했었고 아래쪽에서 벌어지는 일이라서 보이지도 않아 속수무책으로 당했다.

권보영은 걷어차인 한쪽 다리를 슬쩍 굽히면서 주춤거리며 뒤로 한 걸음 물러났고, 다혜는 두 손을 허리에 얹고 턱을 치켜들며 꾸짖었다.

"잘못했습니다, 하고 빌고 썩 꺼져, 이년……."

휘잉—

그런데 다혜의 목소리가 허공에서 들렸다. 권보영이 느닷없이 그녀에게 파고들면서 멱살을 잡더니 허공으로 집어던진 것이다.

"이 개간나 쌍년아! 오늘 죽어봐라이!"

권보영은 허공으로 날아가고 있는 다혜를 향해 발끝으로 힘껏 땅을 박차면서 돌진했다. 하강하고 있는 그녀에게 냅다 이단 옆차기를 가하려는 것이다.

정필은 다혜와 권보영이 싸우면서 차 앞에서 비켜나자 레인지로버를 몰아 골목 안으로 들어갔다. 그는 두 여자의 싸움을 강 건너 불구경하듯 지나쳤다.

다혜와 권보영의 무술 실력을 두루 겪어본 적이 있는 정필이라서 저 싸움의 승자가 다혜일 것이라는 사실을 믿어 의심하지 않았다.

권보영의 무술 실력은 대단하지만 다혜에 비할 바는 못 된다는 것이 정필의 생각이다.

다혜하고 일대일로 겨룬다면 정필도 이긴다고 장담을 할 수 없을 정도인데 권보영이 당할 수가 없을 것이다.

골목 안쪽은 내리막이고 그 아래쪽은 매우 넓은 강변 주차장인데 수십 대의 승용차가 주차되어 있다. 모두 삼천리강산에 온 손님들 차다. 삼천리강산은 개업하자마자 세 가지 기록을 갈아치웠다.

연길에서 가장 큰 식당이고, 또 가장 비싸면서도 가장 맛있는 한식당이다.

정필은 레인지로버를 주차장에 주차시키고 혼자 삼천리강 산으로 들어갔다.

두 사람이 싸우는 곳에 가보고 싶지만 권보영하고 마주쳐 서 좋을 게 없다.

다혜와 권보영은 인도에서 짧은 시간 동안 서로 붙었다가 떨어졌다를 몇 차례 반복하면서 수십 번 주먹과 발길질을 주 고받았다.

그렇지만 최초에 다혜가 권보영의 정강이를 걷어차고 뒤이 어 권보영이 다혜를 허공으로 집어던진 이후 두 사람은 상대 를 한 대도 때리지 못했다.

원래 고수는 고수를 알아보는 법이다. 두 사람은 비록 1분 동안 싸웠지만 상대가 무술 유단자, 그것도 대단한 고수라는 사실을 즉각 간파했다.

다혜와 권보영은 4번째 붙었다가 떨어지고는 서로 마주 보 면서 동작을 멈추었다.

이심전심. 자신들이 하찮은 문제로, 아니, 문제도 아닌 걸 갖고 목숨 걸고서 싸운다는 사실을 깨달았다.

더구나 갑자기 거리에서 벌어진 늘씬하고 예쁜 여자들의 싸움 때문에 지나던 사람들이 하나둘씩 모여들더니 어느새 수십 명이 둘러서서 구경을 했다.

이러다가 창피한 건 고사하고 공안이라도 달려오면 둘 다 곤란해진다.

비록 1분 동안이지만 두 여자는 전력을 다해서 싸웠기 때문에 조금 지쳐서 숨을 헐떡거렸다.

"야! 너 잘 싸우는구나!"

다혜가 싸우다가 비뚤어진 레이벤 선글라스를 고쳐 쓰면서 감탄했다.

권보영도 공격하지 않고 그녀 역시 비뚤어진 짙은 선글라스를 똑바로 쓰면서 대꾸했다.

"너 뭐 하는 에미나인데 길게 잘 싸우는 거이냐?"

"하하! 난 연길에 사업하러 왔어!"

"기래? 내도 연길에서 사업한다!"

다혜는 양팔을 벌리고 으쓱해 보였다.

"별것도 아닌데 서로 원수처럼 싸우지 말자."

권보영은 자길 닮은 다혜의 다혈질적인 성격도 그리고 시원한 성격도 다 마음에 들어서 고개를 끄떡이며 빙긋 미소 지었다.

"내 말이 기렇다이. 애들도 앙이고 뭐 그런 일로 치고받고 싸우느냐는 말이다."

화통한 성격의 다혜는 이런 곳에서 권보영처럼 늘씬하고 아름다운 그러면서도 무술의 고단자를 만났다는 사실이 그저 단순하게 기뻤다.

"나는 정다혜야. 반갑다."

그녀는 국적, 신분, 사상을 불문하고 권보영을 친구로 삼고
싶어서 불쑥 손을 내밀었다.

그것은 무술을 하는 사람들만이 지니고 있는 어떤 특별하
고 괴팍한 DNA 때문일 것이다.

권보영도 싱긋 미소 지으면서 손을 내밀어 다혜와 악수를
했다.

"내는 윤여정이다."

권보영은 가명을 댔다. 윤여정은 그녀의 엄마 이름인데 그
녀가 가명을 댈 때면 늘 사용한다.

두 여자는 서로를 보면서 환하게 미소 지으며 잡은 손을 흔
들었다.

주차장과 연결된 뒷문으로 들어간 정필 앞에 운동장처럼
드넓은 식당 1층 내부가 나타났다.

뒷문과 정면 현관은 마주 보는 구조다. 1층 중앙은 홀이고
홀 양쪽이 신발을 벗고 올라가는 방으로 꾸며져 있다.

홀에 테이블이 30개쯤 있고, 양쪽 방에 테이블이 80개니까
1층에만 총 110개 테이블로 대단한 규모다.

그뿐만이 아니다. 2층과 3층은 전체가 50개의 룸으로 이루

어졌으며 그중에서도 3층은 특실로서 예약을 해야지만 사용할 수 있다.

뒷문을 통해서 막 들어선 정필은 정면의 입구 쪽을 보다가 슬쩍 미간을 찌푸렸다.

거기 카운터 앞에 3명의 사내가 서 있는데 정필은 그중 한 명의 얼굴을 알고 있다.

'저 새끼!'

그자는 흑사파 졸개로서 예전 영실이 홍남국밥집을 할 때 그녀를 괴롭히다가 정필에게 작살났었으며, 그 후에는 백산호텔에서 혜주 모녀를 강간했다가 또다시 정필에게 걸려 반죽음을 당했던 바로 그 장발 머리다.

정필이 두 번째 봤을 때는 빡빡머리였는데 지금은 머리가 자라서 더벅머리가 됐다.

그런데 정필의 눈에는 더벅머리와 2명의 사내가 카운터 안쪽에 서서 말끔한 유니폼을 입고 있는 이곳 직원 일남일녀에게 시비를 걸고 있는 것 같았다.

흑사파가 연길의 모든 사업소나 가게에서 보호비 명목으로 돈을 뜯어내고 있다는데, 정필의 생각으로는 아마도 저놈들이 삼천리강산에서도 보호비를 받아내려고 껄떡거리고 있는 것 같았다.

더벅머리 등 흑사파 졸개 3명은 카운터 앞에서 건들거리며 바닥에 침을 찍찍 뱉고 발로 카운터 책상을 퍽퍽 차면서 공포 분위기를 만들고 있었다.

그들 때문에 카운터를 지키고 있는 삼천리강산의 직원 일남일녀와 입구로 드나드는 손님들이 겁먹은 표정으로 슬슬 피하고 있었다.

"사장 나오라니까 어케 말을 안 듣는기야? 엉? 다 때려 부숴야지만 알아 듣간?"

더벅머리가 홀이 쩌렁쩌렁 울리도록 함북 사투리로 고함을 질러댔다. 저대로 놔두면 삼천리강산을 쑥대밭으로 만들어버릴 기세다.

정필은 그들을 향해서 걸어가고 있는 자신을 발견하고는 움찔 놀라 걸음을 멈추고 뒤돌아섰다.

정필은 혜주 모녀를 강간하고 죽도록 폭행했던 저 더벅머리 놈을 그때 죽이지 못한 게 한스러웠기 때문에 그를 다시 보자 패죽이고 싶은 분노가 솟구쳤다.

그때 한 무리의 사람이 웃으면서 대화를 나누며 2층에서 아래층으로 계단을 내려오고 있어서 정필은 그쪽을 쳐다보았다.

그들은 최고급의 한복을 곱게 차려입은 영실과 연길공안국 국장 장취방 등 몇 명이었으며 화기애애하게 웃으면서 계단을 내려와 입구로 향했다.

정필이 보니까 영실은 흑사파 졸개들을 보고서도 전혀 겁먹지 않은 채 연신 미소 지으면서 장취방과 우아하게 대화를 하면서 입구로 다가갔다.

그녀는 장취방하고 함께 있으니까 흑사파 졸개 따위는 겁먹지 않은 듯했다.

얼마 전까지 국밥집 여주인이었던 영실이 연길공안국장을 접대하고 그와 어깨를 나란히 하며 다정하게 대화를 나누다니, 세월이 흘러 뽕나무밭이 변해서 푸른 바다가 됐다는 상전벽해(桑田碧海)란 이런 걸 두고 하는 말이다.

그런데 흑사파 졸개들은 정장을 입은 장취방이 누군지도 모르고 껄떡거리면서 외려 시비를 걸었다. 졸개들이라서 연길공안국장을 직접 본 적이 없는 탓이다. 더구나 죽으려고 기를 쓰는지 더벅머리가 어깨로 장취방의 어깨를 세게 툭 밀친 것이다.

"어… 이거 뭐이야? 손님이 날 치는 거니?"

그러자 영실이 나서 더벅머리를 엄하게 꾸짖었다.

"너래 감히 뉘기한테 하는 수작인 기야?"

더벅머리는 워낙 우아하게 변신한 영실이 설마 예전에 자신이 귀싸대기를 갈기고 희롱을 했던 흥남국밥집의 꾀죄죄한 주인일 줄은 꿈에도 상상하지 못했다.

오히려 아담한 체구에 빼어나게 아름다운 그녀의 미모를 대하고는 머뭇거리는데 그녀가 당당하게 호통을 치며 꾸짖자

자기도 모르게 주눅이 들었다.

그때 밖에서 공안 5명이 우르르 달려 들어와서 흑사파 졸개들을 포위해 버렸다.

"어어… 이거이 뭬이야?"

더벅머리가 놀라서 허둥거리자 영실이 회심의 미소를 짓더니 발을 구르면서 더벅머리들을 꾸짖었다.

"너희들 연길공안국장님한테 행패를 부리고도 살아남기를 바라는 거이야?"

"어어……."

더벅머리 등 흑사파 졸개들은 얼굴이 하얗게 질려서 어쩔 줄을 몰랐다. 이들은 오늘 일진이 사나워서 제 무덤을 제 손으로 팠다.

공안들은 흑사파 졸개들에게 굴비를 엮듯이 수갑을 채워서 줄줄이 밖으로 끌고 나갔다.

그때 영실이 정필을 발견하고 기쁜 표정을 지었다.

정필은 얼른 고개를 저으면서 급히 계단 쪽으로 걸어갔다. 입구로 다혜와 권보영이 앞서거니 뒤서거니 하면서 들어오는 것을 발견했기 때문이다.

두 여자가 무슨 일로 같이 들어오는 것인지는 모르겠지만 권보영이 정필을 보면 좋을 게 없다.

그런데 연길공안국장 장취방이 일행과 나가려다가 권보영

하고 마주쳤다.

권보영은 그 자리에 멈춰서 가볍게 고개를 숙였고 장취방은 고개만 끄떡이고는 밖으로 나갔다.

권보영은 들어오다가 흑사파 졸개 3명이 공안들에게 끌려가는 장면을 목격했는데 이제 보니까 장취방이 이곳에 있어서 그들을 체포했을 것이라고 짐작했다.

다혜는 영실을 보더니 반갑게 손을 들며 다가갔다.

"언니, 나 왔어요."

"그래, 어서 와."

그때 카운터의 직원이 영실을 불렀다.

"사장님, 전화입니다."

영실은 다혜에게 양해를 구하고 전화를 받았다.

─영실 누님, 정필입니다. 나한테 온 전화라는 거 다혜 씨가 눈치 못 채게 하세요.

영실은 가볍게 놀랐으나 곧 너스레를 떨었다.

"아유~ 사장님⋯⋯!"

─김낙현 씨하고 목사님이 계신 방이 어딥니까?

"3층 특 5호실입니다, 사장님."

─나는 그리 갈 테니까 다혜 씨 그 방으로 오지 못하게 하세요. 알려주면 안 됩니다.

다혜가 권보영하고 같이 있기 때문이다.

"알았습니다, 사장님. 이따 뵐게요."

영실은 전화를 끊고 다혜에게 다가오며 생글생글 웃었다.

"회장님께선 중요한 손님을 만나고 계시니까니 다혜는 따로 먹어야겠슴둥."

삼천리강산의 사장은 영실이지만 그녀는 제멋대로 정필을 회장이라고 부른다.

"그래요?"

영실은 다혜 팔짱을 끼고 계단으로 이끌었다.

"2층 특실로 가자우. 내래 우리 집에서 제일 맛있는 고기를 다혜한테 구워주갔어."

권보영은 이처럼 거대한 한식당의 사장이 다혜를 안내하는 걸 보고는 적잖이 놀랐다.

다혜가 계단을 올라가면서 권보영을 돌아보며 친근하게 손짓을 했다.

"야! 뭐 하냐? 빨리 와라."

"알갔어. 간다우."

권보영은 싱긋 웃으며 다혜를 뒤따라갔다.

영실이 다혜와 권보영의 머리카락이 헝클어진 것을 보고는 의아한 얼굴로 물었다.

"머리가 왜 기래? 둘이 싸웠어?"

다혜가 호탕하게 껄껄 웃었다.

"하하하! 애들은 싸우다가 친구 되는 거예요, 언니."

3층으로 올라간 정필이 특 5호실에 노크를 하고 들어가자 먼저 와서 기다리고 있던 사람들이 일제히 일어나서 그를 반겼다.

"어서 오게."

"먼저 먹고 있었습니다."

그런데 그 자리에 김낙현과 장중환 목사만이 아니라 이진철까지 와 있었다. 이진철은 정필을 보자 반가움에 환한 미소를 지었다.

정필은 김낙현, 장중환과 악수를 하고 나서 마지막으로 이진철하고 굳게 손을 맞잡았다.

"이진철 씨, 오랜만입니다. 반갑습니다."

"이거 또 정필 씨에게 신세를 지게 됐습니다."

이진철이 습관처럼 겸손하게 말하자 정필은 미소를 지으며 손을 저었다.

"무슨 말입니까? 나야말로 이진철 씨에게 진 신세를 갚으려면 평생 걸릴 겁니다."

3층에는 25개의 룸이 있으며 그중에서 5개가 특실이다. 사실 이곳의 특실들은 영실이 오로지 정필 한 사람만을 위해서 따로 만들었다. 추후 이곳에서 많은 일이 일어날지도 모른다고 예견한 것이다.

특 5호실에는 3명의 젊고 아리따운 여자들이 서빙을 하고 있는데 사실 그녀들은 모두 탈북녀다.

다들 산뜻하면서도 고급스러운 하늘색 유니폼을 입고 발랄한 모습으로 고기를 구우면서 3층에 따로 있는 주방을 오가면서 서빙을 하고 있다.

그녀들 얼굴에는 하나같이 밝은 표정이 감돌았다. 이곳에는 다들 좋은 사람만 있기 때문이다.

그녀들뿐만 아니라 삼천리강산에서 서빙을 하고 있는 전체 인원 130명이 탈북자로만 이루어져 있다.

북한에서 갓 탈북한 사람들은 중국어가 서툴지만 탈북한 지 오래 돼서 술집이나 공장에서 일하고 있었든가 멀리 지방으로 팔려갔던 사람들은 생활하는 데 어려움이 없을 만큼 중국어가 능숙했다.

그런 사람들만을 골라서 삼천리강산에서 일을 시키고 있으므로 어려움이 없다.

그렇다는 것은 그동안 정필 일행과 장중환 목사가 얼마나 많은 탈북자를 늪에서 구했는지 단적으로 보여주는 증거이기도 하다.

여기에서 일하는 사람들은 모두 중국 공민증을 지니고 있으며 물론 정필이 만들어주었다.

지금 이 방에서 서빙하고 있는 3명의 여자는 베드로의 집에서 한 명, 영실네 아파트에서 한 명, 그리고 흑천상사 3층에 살고 있는 탈북녀가 한 명이다.

　이들은 모두 일률적으로 5천 위안의 월급을 받고 있으며 그 액수는 연길 사람의 한 달 평균 월급의 최소 5배에 달하는 액수다.

　3명의 탈북녀 중에 2명은 인신매매단에 의해서 어려운 처지에 놓여 있다가 정필이 구해준 사람이라서 그를 부모, 형제보다 더 반가워했다.

　정필이 들어오고 나서 10분쯤 지난 뒤의 실내 분위기는 깊은 바다 속처럼 무겁게 가라앉았다.

　"배편을 더 늘릴 수는 없겠지?"

　현재 벌어져 있는 상황 때문에 이미 답을 알고 있으면서도 답답한 장중환 목사는 정필에게 그렇게 물었으나 대답은 김낙현이 했다.

　"지금 배편을 늘리는 건 위험천만합니다."

　평소에도 근엄한 표정인 김낙현은 장중한 목사보다 더 엄숙한 표정으로 말했다.

　배라는 것은 산동성 위해항에 있는 정필의 흑천호를 말하는 것이다.

배는 정필 소유지만 장중환 목사의 베드로의 집 탈북자들도 그 배를 이용해서 많은 수가 대한민국에 입국하고 있으므로 김낙현과 이진철이 신경을 쓰는 것은 당연한 일이다. 이제 흑천호는 탈북자들의 배가 되었다.

"흑천호는 1월 12일에 32명을 태우고 출항했었으며, 그리고 앞으로 6일 후인 1월 24일에 다시 그 정도의 인원을 태우고 한 번 더 출항할 예정입니다. 작년 12월 21일에 첫 번째 출항을 했으니까 그렇게 되면 근 한 달여 만에 3번이나 출항하는 것이 됩니다."

서빙을 하는 여자들도 손을 멈추고 긴장된 표정으로 김낙현의 말을 들었다.

"보호 시설에 탈북자들이 넘치는 건 잘 알지만 이런 상황에서 흑천호를 더 많이 출항시키는 것은 정말 위험합니다. 한 번의 실수가 수십 명을 사지(死地)로 몰아넣을 수 있다는 사실을 잊지 마십시오."

탈북자들을 대한민국으로 입국시키는 것도 중요하지만 그보다 더 중요한 것이 그들의 안전이라는 사실은 백 번을 강조해도 지나치지 않은 일이다.

사람들은 고기가 타는 것도 모르고 요리나 술에는 손도 대지 않은 채 침묵의 시간이 흘렀다.

오늘 여기에 모인 4명은 연길에서 점점 더 불어나서 현재는 포화 상태에 놓인 탈북자들을 해결하는 방법을 의논하려고 모였으나 처음부터 대화는 벽에 부닥쳤다.

"고기 드세요."

고기를 굽던 여자가 가라앉은 목소리로 조심스럽게 말문을 열자 침묵이 마치 새벽에 어둠이 걷히듯이 한순간 갑자기 깨졌다.

"앉아요. 같이 먹읍시다."

정필은 서빙하는 여자들에게 자리를 권했다.

여자들은 화들짝 놀라서 그럴 수는 없다면서 손사래를 쳤지만, 장중환 목사와 김낙현, 이진철은 뒤늦게 그녀들이 서서 서빙만 하고 있다는 사실을 깨닫고는 서둘러 테이블 주위에 그녀들이 앉을 의자를 마련했다.

"고기는 앉아서 먹으면서 구워도 되고 먹는 건 우리가 알아서 할 테니까 앉아서 같이 먹읍시다. 그래야지만 우리도 편하게 먹습니다."

장중환 목사가 직접 여자들을 앉히고 잠시 후에는 7명이 테이블에 둘러앉아 어색하기는 하지만 조금은 화기애애한 분위기로 다시 식사를 시작했다.

정필 옆에 앉은 여자가 그의 밥에 고기를 얹어주면서 수줍게 미소 지었다.

"드시기요, 정필 씨."

"고맙습니다, 길수 어머니."

30대 중반의 특히 눈매가 검고 서글서글한 용모를 지닌 여자는 깜짝 놀라며 두 손을 모았다.

"옴마야……! 저를 기억하심까?"

그녀는 정필이 구했지만 현재는 베드로의 집에서 기거를 하고 있다.

정필은 빙그레 미소 지었다.

"그럼요. 길수 요즘도 밤에 자다가 오줌 쌉니까?"

6살 남자아이 길수의 엄마인 그녀는 환하게 웃으며 손을 저었다.

"아이고야… 정필 씨 그거까지 기억하고 계심까? 길수 이자 싹 나았슴다. 전에는 길수가 도망 다니면서 사는 거이 무서워서리 오줌을 쌌던 모양임다. 지금은 잘 멀고 잘 자니까 오줌은 앙이 싸는데 다른 말썽을 부림다."

삼천리강산에서 일하는 탈북자들은 여러 가지 사정 때문에 당장 대한민국으로 가지 못하는 사람들이다.

이들의 최종 목표는 대한민국 국민이 되어 당당하게 사는 것이지만 대부분 북한에 남아 있는 가족들 때문에 그 꿈을 뒤로 미루고 있다.

그래서 이런 식으로 일을 해서 돈을 벌어 그 돈을 북한의 가족에게 보내면서 가족을 탈북시킬 기회를 엿보고 있는 것이다.

"남쪽 루트는 한계가 있어요. 흑천호를 사용하거나 다른 루트를 뚫어야 합니다."

장중환 목사는 밥이나 고기를 먹을 생각도 하지 않고 고충부터 털어놓았다. 걱정이 앞서는 그는 고기가 목에 넘어가지 않는 모양이다.

남쪽 루트라는 것은 탈북자들이 중국 최남단 운남성이나 귀주성으로 내려갔다가 거기에서 베트남, 라오스, 캄보디아의 정글과 산악 지대를 통과하여 태국으로 들어가 난민으로 인정 받아 대한민국으로 입국하는 1만 ㎞가 넘는 멀고도 험난한 길이다.

탈북자들이 연길에서 운남성과 귀주성까지 가는 것도 브로커가 인솔하고, 그곳에서 정글을 지나 태국까지 가는 루트도 또 다른 브로커의 인솔이 있어야지만 가능하다.

만약 브로커 없이 정글에 뛰어들었다가는 정글이 곧 저승으로 변할 것이다.

몇 미터 앞도 보이지 않는 울창한 정글이라서 방향을 잃기 십상인데다가 사나운 맹수와 강에는 악어, 독충 같은 것들이 득실거리기 때문에 정글을 잘 알고 있는 현지 주민 브로커가 안내를 해야만 하는 실정이다.

"그런데다가 그쪽 브로커들을 믿기 어려워요."

장중환 목사가 고개를 절레절레 저었다.

"날이 갈수록 브로커 비용을 올리면서도 제대로 안내해 주지 않는 거예요."

정필은 처음 듣는 얘기라서 신경이 곤두섰다. 그는 브로커비만 내면 탈북자들을 무사히 태국까지 데려다주는 줄 알고 있었다.

"그게 무슨 얘깁니까?"

"베트남이나 라오스 국경의 정글과 산들은 워낙 험해서 브로커 없이는 절대로 통과할 수 없네. 그런데 브로커들이 귀찮다고 정글 속에서 사람들을 내팽개치고 그냥 가버리는 경우가 종종 있다는 말일세."

정필은 너무 놀라고 기가 막혀서 들고 있던 젓가락을 내려놓았다.

"그런 말도 안 되는……."

"그뿐만이 아니라 가끔이긴 하지만 브로커들이 탈북자 중에서 어리고 예쁜 여자를 강간하는 일도 있고 심지어는 공안에 넘기는 일까지 벌어진다네."

"이런 개새끼들!"

목사가 있는 자리지만 너무 화가 치밀어서 정필의 입에서 욕이 튀어나왔다.

"안내해 달라고 돈까지 줬는데 강간을 한다는 말입니까? 더구나 공안에 넘기다니, 그래서 그자들에게 대체 무슨 이득이 있다는 겁니까?"

김낙현과 이진철도 처음 알게 되는 내용이라서 굳어진 얼굴로 입을 꾹 다물고 있으며, 테이블에 둘러앉은 여자들은 마치 자신들의 일인 양 착잡한 표정이다.

"강간을 하는 건… 정말이지… 휴우……."

장중환 목사는 거기에 대해서는 말하기도 싫다는 듯 고개를 흔들었다.

"북한이 탈북자 한 명당 1,000위안의 현상금을 걸었다네. 탈북자 몇 명만 붙잡아도 월급의 몇 배니까 중국 공안들이 탈북자들을 잡으려고 혈안이 됐어."

정필의 머리가 빠르게 돌아갔다.

"그러니까 브로커들이 탈북자를 공안에게 넘겨주고 돈을 받는 겁니까?"

"그렇다네. 브로커가 공안에게 탈북자를 넘겨주면 한 명당 300에서 500위안씩 받는다고 하네."

"빌어먹을 놈들……."

정필은 주먹을 불끈 쥐고는 분을 참지 못해서 허공에 휘두르며 인상을 썼다.

탈북자 한 명을 잡아주면 북한이 1,000위안의 현상금을 내니까 그걸 중국 공안과 브로커가 사이좋게 나누어 먹는 것이다.

"그러니까 브로커들은 우리한테 브로커비를 선불로 받고는 탈북자들을 공안에 넘기고 또 돈을 챙기는 걸세."

"브로커비를 처음부터 선불로 주지 말고 두 번으로 나눠서 주면 되잖습니까?"

"그렇게 하면 애당초 안내를 하지 않으려고 한다네. 브로커들끼리 잇속을 챙기려고 담합을 했는지 어쨌는지 브로커비 50%를 선불로 주고 나머지 50%를 성공한 후에 후불로 준다고 하면 안내를 하겠다고 나서는 브로커가 한 명도 없네. 이건 완전히 배짱일세."

정필의 인상이 보기 싫게 구겨졌다.

"탈북자들을 공안에 팔아넘기는 비율이 어느 정도나 되는 겁니까?"

"전체로 보면 20% 정도일세. 하지만 정작 20%에 걸리는 사람 입장에서는 그걸로 끝장이라는 말이야. 20%든, 1%든 절대로 있어서는 안 되는 일이야."

장중환 목사는 자기가 아무것도 할 수 없다는 사실이 억울한 듯 주먹을 쥐었다 폈다 했다.

김낙현이 씁쓸하게 중얼거렸다.

"중요한 건 그런 줄 뻔히 알면서도 탈북자들을 그곳으로 보낼 수밖에 없다는 냉엄한 현실입니다. 보내지 않으면 더 험한 상황이 되고 맙니다."

정필이 잘라서 말했다.

"나는 인정할 수 없습니다. 그런 식으로는 절대로 사람들을 남쪽 루트로 보낼 수 없습니다."

그는 주먹을 움켜쥐고 가볍게 탁자를 내려쳤다.

"어떤 심정으로 고향과 가족까지 버리고 넘어온 사람들인지 잘 알고 있잖습니까? 그런데 그 불쌍한 사람들을 개 같은 새끼들이 팔아넘긴다는 말입니까? 우리가 구했으면 끝까지 책임을 져야 합니다."

그는 이를 부드득 갈았다.

"내 손에 걸리면 그런 놈들 뼈도 남기지 않고 다 작살을 내버릴 겁니다."

그는 목사와 함께 앉아 있지만 너무 화가 나서 죽인다는 말을 서슴없이 내뱉었다. 그보다 더 심한 말이 생각났다면 서슴없이 쏟아냈을 것이다.

정필 옆에 앉아서 조용히 식사를 하던 길수 엄마가 갑자기 일어서더니 상의 아래쪽 밑단을 뒤집어 거기에서 비닐에 싼 꼬깃꼬깃한 엄지손톱만 한 크기의 무엇을 꺼냈다.

"이기 뭐인 줄 아심까?"

그녀의 목소리가 파르르 떨렸다.

부스럭······.

그녀가 비닐을 벗기자 안에서 나타난 것은 고약 같은 까만

덩어리다.

장중환 목사가 그걸 보고 씁쓸하게 중얼거렸다.

"아편이군요."

그는 탈북자들에게서 그런 것을 익히 봐왔기 때문에 잘 알고 있다.

"그렇습다. 아편임다."

길수 엄마는 고개를 끄떡이고 나서 비장한 표정을 지었다.

"고조 북조선에서는 집집마다 양귀비를 몇 포기씩 키워서리 아편을 상비약으로 갯고 있습다. 아편을 먹으면 감기도 배탈도 웬만한 병들은 싹 다 낫습다. 그런데 북조선에서 온 사람들은 말임다. 다들 이런 거이 저처럼 이렇게 갯고 있습다. 왜 그런 줄 아심까?"

장중환 목사와 다른 2명의 여자는 아편의 용도를 이미 잘 알고 있으므로 착잡한 얼굴로 가만히 있고, 정필과 김낙현, 이진철은 그것의 용도를 모르기에 길수 엄마의 다음 말을 기다렸다.

길수 엄마는 아편을 들어 보였다.

"아편을 이만큼 먹으면 피를 토하고 창자가 끊어지는 것 같아서리 미친 듯이 몸부림치다가 결국 죽습다. 저는 중국 공안에게 잡히거나 북송될 처지가 되면 말임다. 이걸 먹고 목숨을 끊을 거임다."

정필은 움찔 놀랐으나 그녀가 어째서 그런 극단적인 선택을 해야만 하는지 알기 때문에 마음이 무거웠다.

길수 엄마는 예전에 3번 탈북했었으며 3번 다 중국 공안에게 붙잡혀서 북송됐었다.

그리고 이번 4번째 탈북 때는 모진 마음을 먹고 남편과 아들 길수까지 다 데리고 왔다.

만약 이번에 붙잡혀서 북송되면 빼도 박도 못하는 처지가 될 것을 알기 때문이다. 살아도 같이 살고 죽으면 다 함께 죽자는 각오다.

더구나 온 가족이 탈북을 했다는 것은 다시는 북한에 돌아가지 않겠다는 뜻이기 때문에 체포되어 북송될 경우 십중팔구는 총살이거나 살아서는 나오지 못하는 정치범수용소에 들어가게 된다.

"야, 니들 것도 꺼내 보라우."

길수 엄마가 다른 두 여자에게 말하자 그녀들은 착잡한 얼굴로 길수 엄마처럼 주섬주섬 상의 밑단에서 뭔가를 꺼내 테이블에 놓았다.

"이거이 바늘이고 저건 얼음임다."

길수 엄마가 하나씩 가리키면서 설명했다. 하나는 십여 개의 크고 작은 바늘이고 또 하나는 유리를 잘게 깨서 모아놓은 것 같은 작은 덩어리다.

"아편을 구하지 못하면 이렇게라도 목숨을 끊을 것을 마련해야 한다."

"빙두군요."

이진철이 유리 조각 같은 물건을 금세 알아봤다.

"필로폰인데 얼음이라고도 하고 은어로 빙두라고 합니다. 북한에서 개인들이 비밀리에 제조해서 북한 내부와 중국에 내다파는데 현재 중국이나 북한 내부에서 사회적으로 큰 문제가 되고 있습니다."

장중환 목사가 아편과 바늘, 빙두를 가리키면서 착잡하게 설명했다.

"저것들은 쓰임새가 각각 다르지만 탈북자들에겐 한 가지 용도 즉, 자살하는 용도로 사용됩니다. 방법은 동일합니다. 입에 넣고 삼키면 됩니다. 저 정도 분량의 아편과 빙두라면 치사량이고, 바늘을 삼키면 위와 내장을 온통 뚫고 찢어버려서 몹시 고통스럽게 몸부림치다가 죽는다고 합니다."

길수 엄마가 말을 받았다.

"우리는 남조선에 들어갈 때까지 이거를 꼭 갯고 있을 거임다. 남조선에 발을 디디게 되면 그때 가서 버릴 검다. 실제로 이거를 먹고 죽은 북조선 사람 많슴다. 전에 제가 북송되기 전에 갇혀 있던 도문변방대에서 이거를 먹고 죽은 여자도 내 눈으로 봤슴다. 고조 우리는 아무쪼록 이거를 먹을 일이 없기

만을 바랄 뿐입다. 보시다시피 우리는 언제 죽을지 모르는 파리 목숨입다."

말을 마친 길수 엄마는 끝내 눈물을 뚝뚝 흘렸고 두 여자도 따라서 울었다.

정필이 굳은 얼굴로 장중환 목사에게 물었다.

"혹시 베드로의 집 탈북자들이 남쪽 루트로 출발했거나 출발할 예정이 있습니까?"

"1월 초에 한 번 갔었는데 14명 중에 11명만 태국에 무사히 도착했네. 브로커가 정글 속에 버리고 돌아간 바람에 3명이 정글 속에서 실종됐네."

실종된 사람들이 죽었을 거라는 생각이 들자 정필은 가슴이 짓눌리는 듯한 압박을 느꼈다.

"그리고 3일 전에 16명이 남쪽 루트로 가기 위해서 연길을 출발했었네."

"목사님!"

정필은 움찔 놀라서 크게 소리쳤다. 그의 고함 소리에 분노와 걱정이 가득 들어 있었다.

"남쪽 루트가 그렇게 위험하다는 걸 아시면서 또 보내면 어쩌자는 겁니까?"

정필이 장중환 목사에게 화를 내는 건 처음 있는 일이다.

장중환 목사의 얼굴에 착잡함이 떠올랐다.

"베드로의 집은 포화 상태야. 아니, 포화 상태가 아니더라도 한국으로 가겠다고 결심을 한 사람들을 연길에 계속 머물게 하는 것은 정말 위험하네."

"아무리 그래도 그건 아닙니다."

"그럼 그보다 좋은 방법이 있으면 어디 정필이 자네가 한번 말해보게."

정필이 골똘하게 생각에 잠겨 있는 걸 보고 김낙현이 자르듯이 말했다.

"정필 씨, 배는 안 됩니다."

"무슨 뜻입니까?"

"새 배를 구입하려는 생각은 하지 마십시오."

정필은 미간을 좁혔다. 사실 그는 방금 배를 한 척 더 구해야겠다는 생각을 하고 있었다.

"왜 안 됩니까?"

"꽁타첸이 어려움을 호소하고 있습니다."

정필이 배를 사서 맡긴 중국인 선장이 위해시의 꽁타첸이라는 어부다.

정필은 작년 12월에 최초 탈북자들을 흑천호에 태우고 나갔다가 대한민국 해양 경비함에 인계하고 중국으로 온 이후 꽁타첸을 만난 적도 전화 통화를 한 적도 없었다.

그렇지만 그 이후 꽁타첸은 탈북자들을 흑천호에 태우고

한 차례 더 대한민국 영해까지 들어갔다가 미리 연락을 받고 대기 중이던 대한민국 해양 경비함에 탈북자들을 인계하고 돌아왔다. 그리고 앞으로 6일 후에 한 번 더 탈북자들을 태우고 출항할 계획이다.

탈북자들의 두 번째 대한민국 입국 때 이진철이 직접 해양 경비함을 타고 서해 바다로 나갔었으며, 6일 후의 세 번째 입국 때에도 역시 안기부가 손을 써서 해양 경비함만 나가기로 되어 있는 상황이다.

"정필 씨는 원래 꽁타첸하고 흑천호를 한 달에 한 번 사용하는 것으로 약속했다고 들었습니다."

"그렇습니다."

정필은 무슨 일인지 어렴풋이 짐작은 갔지만 정확하게 어떤 일인지는 짐작이 가지 않았다.

"무슨 일이 있습니까?"

김낙현은 차분한 얼굴로 설명했다.

"흑천호가 탈북자들을 태우고 한 번 출항하면 준비부터 귀항하기까지 총 3일에서 4일이 소요된다고 합니다."

정필은 왠지 좋지 않은 말이 나올 것 같아 속이 답답해져서 맥주를 컵에 부어 단숨에 마셨다.

김낙현은 그가 맥주를 다 마실 때까지 기다렸다가 말을 이었다.

"꽁타첸은 작년 12월 21일과 올해 1월 12일 두 번에 걸쳐서 흑천호에 탈북자들을 태우고 나갔으며 거기에 소요된 시간은 7일이라고 했습니다. 22일 사이에 7일 동안 흑천호를 사용했으므로 꽁타첸이 실제로 고기잡이를 한 날은 보름에 불과합니다."

"조업을 하지 못해서 생기는 손해는 보상해 주겠습니다."

"보상이 문제가 아닙니다."

"그럼 뭐가 문제입니까?"

"주변에서 꽁타첸을 이상한 눈으로 봅니다."

"아……."

정필은 무엇이 문제인지 비로소 깨달았다. 어선인 흑천호가 어업은 하지 않고 가끔 사라졌다가는 며칠 후에 나타나기 때문에 주위의 의심을 사는 것이다.

원래 정필은 꽁타첸에게 흑천호를 맡기면서 대략 한 달에 한 번 꼴로 탈북자들을 태우겠다고 말했었다.

그런데 6일 후에 잡혀 있는 일정까지 치면 한 달에 3번이나 탈북 출항을 하는 것이 되기 때문에 정필이 약속을 지키지 못한 것이 된다.

"이런 식으로 나가면 흑천호조차도 이용하지 못하게 될지도 모릅니다. 동료 어부들이 꽁타첸에게 한 달에 3번씩이나 도대체 어디로 사라졌다가 돌아오는 것이냐고 물으면 할 말이 없을 겁니다."

사실 두 번째 탈북자들을 흑천호로 출항시키는 것은 김낙현이 암중에서 지휘했었다.

그는 대한민국 안기부 사람이라서 전면에 나설 수가 없으니까 믿을 만한 사람을 시켜서 탈북자들을 이끌고 위해시로 가게 했었다.

안기부 사람이라는 것은 첩보 요원이다. 그러므로 타지에 파견을 나와 있으면 현지 사람을 포섭하여 정보원이나 하수인으로 쓰는 일은 다반사다.

"새로운 배를 더 구하는 것이 어려운 이유는 중국인을 믿을 수가 없기 때문입니다. 꽁타첸은 내 사람이라서 믿을 수 있지만 그 정도 인물이 없습니다. 그렇다고 그런 새로 물색해서 포섭하려면 시일이 걸립니다."

김낙현은 더 이상 새로운 배를 구할 수 없는 이유를 정확하게 못을 박았다.

"그렇다고 외지 사람이 갑자기 불쑥 나타나서 배를 사서 어업을 하겠다고 신고를 하면 주변 사람들 다들 유심히 주시할 게 분명합니다. 그런 상황에서 탈북자들을 실어 나를 수는 없습니다."

정필이 삼천리강산을 나와 흑천상사로 돌아오니까 김길우

와 서동원이 와 있었다.

"터터우, 공민증입니다."

김길우가 흑천상사에 머물고 있는 탈북자 중에서 가장 근래에 온 17명의 중국 공민증을 만들어 갖고 왔다.

정필과 김길우가 단골로 공민증을 사오는 연길의 기술자는 더 이상 다른 사람의 주문을 받지 않고 오로지 흑천상사와 베드로의 집 것만 전적으로 만들고 있다. 그것만으로도 기술자는 떼돈을 벌고 있다.

"수고했습니다."

김길우와 서동원은 정필의 표정이 평소하고 다른 걸 보고는 무슨 일이 생겼나 싶어서 걱정이 앞섰다.

"터터우, 무슨 일이 있습니까?"

거실 소파에 묵묵히 앉아 있던 정필이 가슴이 답답해서 담배를 피우려고 베란다로 나가자 김길우와 서동원이 따라 나왔다.

김길우네 집 베란다는 꽤 넓어서 담배를 피우는 남자들을 위해서 일전에 영실이 아담한 의자와 테이블을 갖다 놓았는데 정필 등은 거기에 앉아서 담배를 나누어 피웠다.

소영이 여전히 자기 방에서 나오지 않기 때문에 서동원 부인 이순덕이 김길우네 집에 와서 부랴부랴 점심 식사를 차리고 있다.

소영은 그때 그 일이 무척 충격적이었던 모양이다. 정필이 전화 통화에서 그녀에게 사랑한다는 말까지 했는데도 별다른 반응이 없다.

아무래도 그녀는 자신이 정필에게 저지른 행동을 절대로 용서하지 못하는 것 같았다.

정필에게서 탈북자 남쪽 루트의 고충과 위해시의 흑천호, 그리고 꿍타첸에 대해서 설명을 듣고 난 김길우와 서동원은 심각한 얼굴로 담배만 뻑뻑 피우고 있다. 그들로서도 무슨 해답이 있을 리 만무하기에 속이 탈 것이다.

정필은 두 사람에게 설명을 하는 동안 그 문제에 대해서 좀 더 심도 있게 고민을 했다. 그래서 어떤 결정을 내렸는데 그것에 대해서는 조금 더 시간을 두고서 정리를 해봐야 할 것 같았다.

그때 서동원 부인 이순덕이 점심 식사를 하라고 알려주었고 그와 동시에 현관의 벨이 울렸다.

저런 식으로 방정맞게 벨을 누를 사람은 다혜뿐이다. 과연 이순덕이 문을 열어주니까 술이 취해서 얼굴이 벌개진 다혜가 들어와 정필을 찾느라 두리번거렸다.

다혜는 베란다에서 거실로 나오는 정필을 발견하고 어이없는 표정을 지으며 소리쳤다.

"정필 씨! 날 삼천리강산에 혼자 팽개쳐 두고 가면 어떻게 하라는 거예요?"

"그럴 일이 있었습니다."

정필이 주방으로 걸어가며 덤덤하게 말하자 다혜는 그의 표정에서 심상치 않음을 감지했다.

"그럴 일이 뭐에요?"

다혜는 정필을 졸졸 뒤따르며 물었다. 다른 여자 같으면 식당에 자기를 혼자 버려두고 간 일 때문에 난리가 날 텐데도 다혜는 싫은 기색마저도 없다.

밤에 저녁 식사 겸 술자리가 벌어지면 거실에 상을 차리지만 그게 아니면 보통 주방의 식탁에서 먹는다.

"탈북자들 입국 루트 때문입니다."

"그게 왜요?"

정필과 서동원은 묵묵히 식사를 하고 김길우가 정필에게 들은 얘기를 다혜에게 설명했다.

다혜는 김길우가 아랫사람이라 여기지도, 정필에게 직접 설명을 들어야 한다고 고집을 부리지도 않기 때문에 김길우에게서 설명을 듣는 것에 대해서 조금도 기분 나쁘게 생각하지 않았다.

정필은 삼천리강산에서 심각한 대화를 하느라 고기나 밥에는 거의 손을 대지 않았기 때문에 배가 고파서 묵묵히 식사를 했다.

그는 김길우가 다혜에게 설명하는 것을 객관적인 입장에서 들으면서 다시 한 번 그 문제에 대해서 생각했다. 그러고는 아까 내린 결정을 조금 더 가다듬었다.

제40장
처형자

　흑천상사 1층에서 안지환과 송이가 식사를 하러 올라와서 정필에게 인사를 했다.

　"아휴… 손님들이 저마다 자기가 차를 갯고 가겠다고 아조 난림다, 난리."

　안지환이 자리에 앉으면서 질렸다는 듯 고개를 절레절레 흔들었다.

　"현재 차는 12대뿐인데 사갔다고 현금 싸들고 온 사람이 백 명이 넘슴다. 대기하고 있는 사람은 그보다 10배는 더 많은데 이거이 어카면 좋슴까 터터우?"

정필한테 한 소린데 정작 그는 밥을 먹으면서 깊은 생각에 잠겨 있느라 듣지 못했다.

정필한테서 반응이 없자 안지환은 다른 사람들 들으라고 넋두리를 이었다.

"동북삼성만이 아니고 베이징이나 상하이, 천진에서도 소문을 듣고서리 우리한테 차 사러 옵다."

그런데 그때 사람들의 시선이 한 사람에게 집중됐다. 주방 안쪽에 있다가 음식을 들고 다가와서 테이블에 내려놓고 있는 젊고 예쁜 여자다.

다혜와 김길우, 서동원은 그녀를 본 적이 있다. 얼마 전 부르하통하강 하류 공장 지대 기숙사에 감금됐다가 구출된 5명의 탈북녀 중에 한 명이다.

그녀가 부끄러워하는 듯 무덤덤한 얼굴로 방금 구운 생선을 테이블에 가지런히 놓는 걸 보면서 뒤쪽으로 다가온 이순덕이 설명했다.

"야가 바탕일(부엌일)을 거들고 싶다고 해서리……."

"아, 네."

"소영 씨가 그러라고 해서리 오늘 아침부터 둘이 같이 밥도 하고 그랬담다."

향숙부터 소영이, 송이까지 탈북녀였다가 집안일을 하게 된 여자가 여러 번 있었으므로 새로 한 여자가 집안일을 거들게 됐다고 해서 이상한 일은 아니다.

"제수 씨, 소영 씨는 어디 있습까?"

"아픈 모양임다. 방에서 꼼짝도 앙이 함다."

김길우의 물음에 이순덕이 걱정스럽게 대답했다.

"야가 이름이 승희임다, 우승희."

이순덕은 우승희를 소개하고 나서 그녀의 팔을 잡고 자리에 앉혔다.

"앉아라. 너도 같이 먹자."

"저는……."

우승희가 머뭇거리면서 정필의 눈치를 살피자 다혜가 밥을 먹다가 그녀를 힐끗 보며 물었다.

"북한에서 직업이 뭐였습니까?"

그 말에 우승희가 흠칫하면서 자못 긴장하는 표정을 다혜는 놓치지 않았다.

아니, 우승희의 긴장하는 표정이 워낙 역력해서 다른 사람들도 다 봤다.

아주 짧은 시간 우승희의 머릿속에서 수많은 생각이 복잡하게 얽혔다가 풀어지더니 3초쯤 후에 건조한 음색으로 대답했다.

"군대에 나가 있었습다."

정필은 여전히 골똘하게 생각에 잠겨 있으며, 다혜는 별다른 표정의 변화가 없는 반면에 김길우 등은 뜻밖이라는 표정을 지었다.

북한에서는 여자가 군대에 갔다가 오는 것이 조금도 놀라운 일이 아니다.

정필이 구한 탈북녀 중에서도 북한 여군을 다녀온 사람이 꽤 있었다. 하지만 현재 여군으로 근무하다가 탈북한 경우는 한 명도 없었다.

북한은 1995년부터 당성이 우수하고 출신 성분이 좋은 여군 부사관들을 선발하여 2년간의 장교 교육을 시킨 후 각 군에 배치해 오고 있다.

여군도 남군처럼 17세에 입대하며 입대 절차나 여타 조건들이 남자들과 거의 똑같다. 다만 여군들은 신병 훈련을 사단 고사포대대 소속 14.5㎜ 고사기관총 중대에서 집중적으로 훈련받는다.

인민군 창군 기념일을 부대 명칭으로 받은 4.25훈련소는 417, 628, 523, 331 등 5개 여단으로 구성돼 있다.

여성고사총중대는 중대장, 정치지도원, 소대장들도 모두 여군으로 이루어져 있다.

여군 군관들은 고사포군관학교에서 2년간 교육받고 소위로 임관하여 소대장부터 시작하며, 정치지도원들은 여군 정치군관학교인 최희숙 군관학교를 2년간 다닌 후 졸업하여 역시 소위로서 중대 정치지도원으로 배치된다.

각 여단에 1개 여성기동보병대대가 편성되어 1996년 2월 말 평양에서 인민군 차수와 다수의 장령(장군)들 앞에서 방식 상학(시범 훈련)을 진행하여 높은 점수를 받았다는 사실은 잘 알려져 있다.

여군도 신병 훈련을 마치면 얼굴 생김새나 집안의 배경에 따라 부대 배치가 달라진다.

당간부 집 자식들은 편안한 사단 군의소(의무대) 등에서 근무하고 그렇지 않은 여군들은 고사총중대나 해안포대로 가서 고생만 한다고 한다.

"밥 먹어요. 어디에 있었어요?"

다혜는 우승희에게 밥을 먹으라고 하면서도 질문의 끈을 놓지 않았다.

"청진 해안고사총중대에 있었슴다."

"몇 ㎜예요?"

"네?"

"고사총 구경이 몇 ㎜냐고요."

"14.5㎜임다."

"계급이 뭔가요?"

"하… 하사임다."

다혜는 여담을 주고받듯이 묻는데 우승희는 바짝 긴장해

서 저절로 이마에 땀방울이 맺혔다.

"왜 군대갔어요?"

"네… 네?"

"여자는 강제로 군대에 가는 게 아닌데 어째서 간 거예요? 무슨 목적이 있었을 거 아닌가요?"

다들 조용하게 식사를 하는 분위기인데 그러면서 은근히 다혜와 우승희의 대화에 귀를 기울이고 있다.

분명히 식사를 하면서 나눌 수 있는 얘기인데도 우승희는 심문을 받는 것 같은 기분을 떨칠 수가 없었다.

우승희는 지금까지 거짓말을 했다. 그녀는 고사총중대가 아닌 특수부대 폭풍군단 벼락여단 소속이고, 계급은 하사가 아니라 중사다.

그런데 '왜 군대에 갔느냐?'라는 질문에 마땅한 대답이 없어서 그것만큼은 사실대로 대답했다.

"로동당원이 되려고 갔습다."

"몸당으로?"

순간 고개를 숙인 채 밥을 뒤적거리고 있는 우승희의 눈이 세모꼴로 변했다가 금세 풀어졌다.

"다혜 씨, 몸당이 뭡까?"

"나도 자세히 모르니까 우승희 씨에게 물어봐요."

우승희에게 '몸당으로?'라고 물어본 다혜가 '몸당'이 뭔지 모를 리가 없을 텐데도 김길우의 물음에 우승희에게 물어보라고 슬쩍 말을 돌렸다.

우승희가 실제 '몸당'을 목적으로 군대에 입대한 것이라면 그녀 입으로 '몸당'에 대해서 설명하는 것은 필경 치욕스러울 것이다.

아무것도 모르는 김길우는 순전히 궁금해서 우승희에게 물었다.

"승희 씨, 몸당이 뭡까?"

우승희는 고개를 푹 숙이고 있어서 아무도 그녀의 표정이 어떤지 알 수가 없다.

그녀는 밥그릇에 수북하게 담겨 있는 하얀 쌀밥을 쏘아보면서 속으로만 싸늘하게 중얼거렸다.

'쌍간나에미나이. 너래 반드시 죽여 버리가서……!'

그러고 나서 천천히 고개를 든 우승희의 얼굴에는 방금 전하고는 달리 쑥스럽고 창피한 표정이 떠올라 있었다.

"몸당이라는 거이 말임다……. 군대에 나가서리 몸으로 입당하는 거이 말함다."

"몸으로 어케 입당을 함까?"

우승희는 마음을 독하게 먹으니까 여유가 생겨서 엷은 미소마저 지을 수 있게 되었다.

"군대 생활을 하면서리 고급 군관이나 정치지도원한테 몸을 바치면 입당하기가 쉽슴다.”

김길우 등은 ‘몸당’의 뜻을 알고는 좀 당황스러웠다.

그런데 다혜가 또 불쑥 물었다.

“승희 씨는 몸당으로 입당했습니까?”

“다혜 씨, 그만하세요.”

김길우가 적잖이 당황해서 만류했지만 다혜는 젓가락을 쪽쪽 빨면서 말끄러미 유승희를 바라보았다.

“그런 건 비밀 아니잖아요? 그렇죠?”

“저는 아직 입당 앙이 했슴다.”

“군대 생활을 하던 도중에 탈북한 걸 보면 뭔가 있는 것 같은데요?”

“다혜 씨.”

흑천상사에서는 탈북자들의 신상에 대해서 묻는 것이 금기 사항인데 다혜가 지금 그걸 어기고 있다.

“말해 봐요. 무슨 사연인지 듣고 싶군요.”

탁!

그때 정필이 젓가락을 내려놓으며 정색을 하고 제법 큰 소리로 꾸짖듯이 말했다.

“길우 씨가 그만하랬잖습니까!”

설마 정필이 자기한테 소리칠 줄 몰랐던 다혜는 놀란 나머지 눈을 동그랗게 뜨면서 입안에 넣었던 갈치구이 한 토막을 꿀꺽 삼켰다.

"어느 누구도 북한에서 온 사람을 심문하면 안 됩니다. 그걸 모르는 겁니까? 도대체 왜 이 사람을 힘들게 하는 겁니까?"

"컥!"

다혜는 대답 대신 주먹으로 제 가슴을 두드렸다.

앞에서 그녀를 지켜보고 있던 이순덕이 놀라서 벌떡 일어나며 수선을 피웠다.

"다혜 씨, 갈치가 목에 걸렸습다……! 야아… 이거이 으찌나……."

다혜는 의자에서 내려와 바닥에 무릎을 꿇고 엎드려서 캑캑거리는데 얼굴이 하얘졌다.

모두들 당황해서 어쩔 줄 모르고 있는데 정필이 바닥에 한쪽 무릎을 수평으로 세우고 거기에 다혜 가슴을 얹고는 등을 탁탁 세게 두드리며 다른 손으로 그녀의 입에 손가락을 깊게 집어넣었다.

탁탁탁탁—

잠시 후 정필이 빼낸 긴 검지와 중지 끝에는 갈치구이 한 덩이가 끼워져 있었다.

다혜는 바닥에 벌렁 누워서 안색이 하얘져서 헐떡거렸다.

"학학학……. 나한테 왜 소리를 지르고 그래요……?"

＊　　　＊　　　＊

1월 20일 오후, 정필은 김길우와 단둘이 중국 최남단 운남성 곤명시에 도착했다.

정필은 그저께 밤에 장중환 목사한테 전화를 받았다. 3일 전에 남쪽 루트로 출발한 탈북자 16명에게서 연락이 두절됐다는 충격적인 내용이었다.

탈북자들은 연길에서 1월 15일에 출발했으며 정필이 그 사실을 장중환 목사에게 들은 것이 1월 18일 연길 삼천리강산에서 점심 식사를 하면서였다.

탈북자들은 연길에서 기차를 타고 북경까지 갔다가 다시 고속버스를 타고 중간에 한 번 더 고속버스로 갈아타고 18일 오후에 곤명에 도착했었다.

탈북자들의 리더는 연길에서 출발을 할 때 새로 개통한 깨끗한 휴대폰 하나를 장중환 목사에게 받았다.

이동을 하는 동안 탈북자들은 기차, 혹은 고속버스를 갈아타거나 중간 목적지에 도착하면 장중환 목사와 연락을 취하기로 약속이 되어 있다.

하지만 그 외에는 급한 상황이거나 위험에 빠졌을 때만 전화를 하기로 했었다.

15일에 연길을 출발한 16명의 탈북자는 18일 오후 4시에 곤명에 도착했다고 장중환 목사에게 전화가 왔었다. 장중환 목사가 삼천리강산에서 정필, 김낙현, 이진철과 점심 식사를 한 그날 오후다.

통화 내용은 곤명에 도착했으니까 그곳에서 정글을 통과하여 태국 메콩강까지 안내할 또 다른 브로커와 만나서 숙소로 이동한 후에 다시 전화를 하겠다고 했는데 그때 이후 전화가 오지 않은 것이다.

탈북자들이 곤명에 도착했다는 마지막 전화가 걸려온 지 3시간이 지났는데도 연락이 오지 않았으며 그 이후로도 연락 두절 상태다.

될 수 있는 한 장중환 목사는 탈북자들에게 전화를 하지 않는 것을 원칙으로 하고 있다. 그들이 어떤 상황에 처해 있는지도 모르는 상황에서 전화를 했다가 그들을 위험에 빠뜨릴 수도 있기 때문이다.

그렇지만 상황이 상황이라서 장중환 목사가 결국 전화를 했지만 신호가 아예 가지 않고 휴대폰이 꺼져 있다는 안내만 나왔다.

여태까지 이런 경우는 한 번도 없었기 때문에 장중환 목사는 걱정 때문에 피가 다 마를 지경이 됐고, 결국 탈북자들로부터 연락이 두절된 지 6시간 만에 정필에게 알려서 도움을 받을 수밖에 없었다.

1월 20일 오후 2시 20분, 곤명공항 출구로 나서자마자 정필이 김길우에게 말했다.

"전화해 보세요."

"알겠습니다."

김길우는 즉시 휴대폰을 꺼내 작은 메모지에 적힌 전화번호를 보고 어딘가로 전화를 하더니 곧 끊었다.

"택시를 타고 곤명시내로 들어와서 텐시앙(天香)이라는 찻집으로 오랍니다."

"갑시다."

정필이 고개를 끄떡이자 김길우가 앞서 택시 타는 곳으로 뛰어가서 택시를 잡았다.

방금 김길우가 전화한 사람은 현재 연락이 두절된 상태인 16명의 탈북자를 북경에서 곤명까지 고속버스로 인솔했던 두 번째 브로커다.

신동규라는 이름의 이 브로커는 탈북자들을 곤명까지 이끌고 와서 마지막 브로커에게 인계했었다.

탈북자들을 인솔하여 베트남 정글을 뚫고 태국까지 안내하는 역할을 맡은 마지막 브로커다.

택시 기사에게 텐시앙 찻집이라고 말했더니 30분 후에 택시는 곤명시 서남쪽에 바다처럼 펼쳐진 덴츠호 가장자리에 있는 텐시앙이라는 중국 전통 찻집 앞에 정필과 김길우를 내려 주었다.

찻집 1층 창가 자리에 사람들이 앉아서 호수를 보며 차를 마시고 있지만 혼자 있는 사람은 없어서 정필과 김길우는 2층으로 올라갔다.

2층에는 사람이 더 많았다. 아무래도 1층보다는 2층이 전망이 좋아서 덴츠호를 보려는 사람들이 몰리기 때문인 것 같았다.

두 사람이 계단 위에 올라서 두리번거리는데 호수를 구경하는 것에는 관심이 없는 듯 저만치 구석에 혼자 앉은 사내가 이쪽을 보면서 손을 들어 보였다.

정필과 김길우가 자신이 만날 사람이라고 정확하게 알아본 것이다.

그는 얇은 점퍼에 반투명한 선글라스를 끼고 있는 30대 중반의 사내인데 진심이 조금도 담겨 있지 않은 미소를 짓고 있는 입에는 담배가 물려 있다.

"신동규 씨요?"

다가선 김길우가 묻자 사내 신동규는 고개를 끄떡이면서 맞은편 의자를 가리켰다.

"그렇소. 앉기요."

김길우는 그가 가리킨 자리에 앉자마자 숨 돌릴 틈 없이 급하게 물었다.

"태국까지 안내하는 사람이 뉘기요?"

"하아… 뭐이가 그리 급하오? 앉아서 차나 마시면서 천천히 얘기하기요."

신동규는 담배 연기를 뿜어내면서 한없이 느긋했다. 그러면서 눈으로는 정필과 김길우를 살피기에 여념이 없다. 턱이 뾰족하고 하관이 빠른 인상이라서 믿음이 가지 않는 얼굴을 지녔다.

김길우 옆에 앉은 정필이 뭐라고 하기 전에 김길우가 먼저 인상을 와락 쓰면서 날 선 목소리를 냈다.

"이보시오. 우리는 지금 한시가 급한데 한가하게 차를 마시고 있을 시간이……."

그때 정필이 품속에서 뭔가를 꺼내 팔을 쭉 뻗어서 신동규에게 보였다.

슥—

정필이 내민 손에는 '길림성당서기 특수 보좌관' 신분증이 쥐어져 있었다.

그는 괜히 이런저런 쓸데없는 얘기로 시간을 허비하느니 속전속결을 선택했다.

그걸 가만히 살펴보고 있던 신동규의 손에서 담배가 툭 바닥으로 떨어졌으며 그와 동시에 그의 얼굴에서 느긋한 기색이 순식간에 사라졌다.

"탈북자들을 넘겨받은 마지막 브로커에 대해서 아는 대로 빠짐없이 말하시오."

정필이 높고 낮음 없는 목소리로 중얼거리듯이 말하자 신동규는 허리를 꼿꼿하게 펴고 더듬거렸다.

"아… 그거이… 방학수라는 사람인데……."

그때부터 신동규는 방학수라는 인물에 대해서 설명을 하는데 정필이 보기에 전전긍긍하는 모습이 거짓말을 하는 것 같지는 않았다.

"어디에 사는지 아시오?"

"모… 름다. 전화를 하면은 그 사람이 나옴다."

신동규는 길림성 장춘 사람이지만 브로커 일을 하지 않을 때는 운남성으로 장사를 다닌다고 했다.

그는 북경에서 이곳 곤명까지 탈북자들을 인솔하고 와서 방학수에게 인계하는 일을 지금까지 다섯 번 했다고 한다.

그가 이번 18일에 탈북자들을 방학수에게 넘기고 나서 장춘으로 가져갈 물건을 고르고 있는 중인데 어제 장중환 목사에게서 전화가 걸려 왔었다.

지금 탈북자들이 곤명으로 가고 있으니까 그들을 마지막 브로커에게 소개해 주라는 것이고, 그렇게 하면 그들이 따로 돈을 낼 거라고 했었다.

그래서 신동규는 돈을 더 벌어볼 욕심에 정필 일행을 만나러 온 것이라고 한다.

그랬는데 탈북자는 고사하고 난데없이 길림성당서기 특수 보좌관이 나타났으니 기절초풍할 일이다. 만약 신동규가 탈북자들을 이끌고 중국 대륙을 종단하여 또 다른 브로커에게 넘긴 죄목으로 체포된다면 최소 10년 이상의 징역형을 선고받게 될 것이다.

정필이 신동규를 날카롭게 쏘아보며 못을 박듯이 말했다.

"우릴 도우면 체포하지 않고 오히려 만 위안을 주겠소. 그러나 손톱만큼이라도 속이려 한다면 죽을 때까지 햇빛을 볼 수 없도록 만들어주겠소."

그에게는 실제 그럴 권한이 있다. 위엔쎈이 만들어준 길림성당서기 특수 보좌관 신분증은 그냥 폼이 아니라 거기에 막강한 권력도 담겨 있는 것이다.

신동규는 의자에서 일어나더니 테이블 옆으로 나와서 정필을 향해 무릎을 꿇고 이마를 바닥에 쿵쿵 부딪치며 애원을 했다.

"대인, 어카든지 제발 살려만 주시라요. 시키시는 일은 뭐든지 하갔슴다."

그의 난데없는 행동에 2층에 있던 사람들이 이쪽을 쳐다보면서 수군거렸다.

"일어나서 자리에 앉으시오."

정필이 명령하듯이 의자를 가리키자 신동규는 벌떡 일어나 자리에 앉았다.

신동규는 김길우의 설명을 듣고서야 자신이 방학수에게 인계한 16명의 탈북자가 잘못됐다는 사실을 비로소 알게 되었다.

"방학수 개간나새끼가 그런 짓을……."

신동규는 방학수가 탈북자들을 정글에 버리거나 공안에 넘겼을 것이라고 확신하듯이 말했다.

그가 그렇게 믿는 데는 그럴 만한 이유가 있다. 마지막 브로커가 탈북자들을 메콩강까지 안내하는 데에만 4일에서 6일이 걸린다.

그리고 나서 다시 중국으로 돌아오면 아무리 빨라도 8일이 소요된다.

그런데 아까 신동규가 전화를 해보니까 방학수는 현재 중국에 있었다.

그가 신동규에게 탈북자 16명을 인계받은 것이 18일인데 불과 이틀이 지난 20일 현재 방학수가 버젓이 중국에 있다는 사실이 과연 무엇을 뜻하겠는가.

그가 탈북자들을 안내하지 않았거나 아니면 중국 공안에게 팔아넘긴 것이 거의 확실하다.

"우리가 브로커를 해서리 돈을 벌고 있지만 말임다. 절대로 해서는 앙이 되는 짓이 북조선 사람들을 팔아넘기거나 해치는 일임다. 그런데 방학수 이 새끼가 한 짓은 헤이다오꽁쓰(黑道公司:조폭)나 다름이 없지 않갔슴까?"

뜻밖에 신동규는 몹시 분개해서 입에 거품을 물면서 방학수를 자기 손으로 죽이겠다고 열을 올렸다.

"길림성에서는 흑사파가 북조선 에미나이들을 강제로 붙잡아서리 인신매매로 팔아넘긴다고 하는데 방학수 이 새끼는 흑사파나 똑같지 앙이 함매?"

세 사람은 김길우가 렌트한 승용차에 타고 이동했다.

신동규가 방학수에게 다시 전화를 해서 탈북자 8명을 태국까지 안내해야 하며 한 명당 4천 위안씩 내겠다고 하니까 그가 어디까지 오라고 위치를 알려주었다. 보통 마지막 브로커에게 지불하는 브로커비는 3천 위안이니까 4천 위안이면 거절하지 못할 금액이다.

"보통은 마지막 브로커가 곤명까지 와서 사람들을 데리고 가는데 이거는 액수가 크다 보이 직접 오라는 걸 보면 방학수가 마음이 급했나 봄다."

뒷자리 가운데에 앉은 신동규가 두 손으로 앞자리 양쪽 시트를 잡고 상체를 앞으로 기운 자세로 설명했다.

"저기에서 오른쪽 길로 가십시다. 그리 곧장 30분쯤 가면 홍하현(紅河縣)이 나옴다. 기리고 거기서 남쪽으로 50㎞만 가면 묘족 자치현인 김평이 나오고 그 다음이 월남(베트남) 국경임다."

신동규는 자신이 살기 위해서 열성적으로 정필에게 협조를 하고 있는 모습이 역력했다.

연길은 한겨울이라서 정필과 김길우는 두터운 파카를 입고 왔는데 여긴 중국 최남단인 탓에 늦은 봄처럼 따뜻한 데다 차 안에 있으니까 땀이 비 오듯 흘러내려서 둘 다 파카를 벗었다.

"기래도 밤에는 사뭇 춥슴다. 이 지역은 전부 해발 2천메타가 넘기 때문에 해만 떨어지면 영하로 내려가니끼니 옷 잘 챙겨 입어야 함다."

신동규가 친절하게 설명하는데 그의 휴대폰이 울렸다. 전화를 받은 그는 정필에게 입만 벙긋거리면서 방학수라고 알려주었다.

"우리가 김평까지 가는 거이 너무 멈다. 오늘은 홍하에서 자고서리 내일 아침에 넘어갈 거이니까 그리 알기요."

방학수가 뭐라고 말했는지는 몰라도 신동규가 제멋대로 대응을 했다.

"방학수가 지금 홍하로 오갔담다."

전화를 끊은 신동규가 칭찬해 달라는 표정으로 말했다.

"이제 보이 방학수 이놈 사는 곳이 김평인 모양임다. 길티만 김평은 깊은 산골 마을인데다 5㎞만 남쪽으로 내려가면 월남임다. 거기는 방학수가 살고 있는 곳이니끼니 우리가 거기까지 들어가는 건 아무래도 위험하지 않갔슴까?"

그건 신동규 말이 맞다. 이게 전쟁이라면 방학수가 있는 김평은 적진이다.

"방학수가 홍하로 오면 알아서들 하시라요."

신동규는 자기가 할 일은 다 했다는 표정을 지으며 시트에 몸을 기댔다.

정필 일행이 곤명시에서 남쪽으로 266㎞ 떨어진 홍하현에 도착했을 때에는 이미 어둠이 자욱하게 내린 밤 8시가 넘어가고 있었다.

세 사람은 홍하현 초입에 위치한 멍쯔(蒙自)시에 도착하여 제일 먼저 눈에 띄는 아무 식당으로나 들어가서 되는 대로 늦은 저녁 식사를 하고는 밖으로 나와 한적한 장소에 차를 댔다.

세 사람은 잠시 휴식을 취할 생각으로 실내등을 끄고 창문을 조금 열고는 담배를 피웠다.

"신 씨, 정글 브로커 해봤소?"

정필이 문자 담배를 피우던 신동규가 급히 담배를 손안에 감추면서 공손히 반문했다.

"정글이 뭡까?"

"밀림 말이오. 베트남, 라오스의 우거진 숲 있잖소?"

"아… 미린징지렌(密林經紀人:밀림 안내원) 말임까?"

김길우가 고개를 끄떡이고는 물었다.

"그렇소. 해본 적 있소?"

"저는 해본 적이 없습다."

다시 정필이 물었다.

"중국에서 태국까지 가는 밀림을 방학수보다 더 잘 아는 사람 없소?"

신동규는 생각해 보지도 않고 즉답했다.

"그런 사람 있습다. 별명이 미린지샹(密林至上)이라는 사람이 있기는 하지만 소문만 들었지 본 적은 없습다."

정필은 현재 틈틈이 중국어를 배우고 있지만 '지샹'이라는 말까지는 아직 모른다.

"지샹은 최고라는 뜻입다. 기니끼니 미린지샹은 밀림에서 최고라는 뜻이갔지요."

신동규가 손을 내저었다.

"그 사람은 윈난(운남)에서 최고 중에서도 최고의 미린지샹이지만 아마 탈북자 일은 하지 않을 겁다."

"왜 그렇소?"

"그것까진 모르갔슴다. 여하튼 미린지상은 여태까지 탈북
자 일은 하지 않는 것으로 알고 있슴다."

"미린지상은 어디에 사오?"

"잠깐 기다려 보십쇼."

신동규는 어딘가에 전화를 걸더니 미린지상이 사는 곳을
묻고 나서 대답했다.

"여기 홍하 변두리에 산담다."

정필은 담배를 창밖으로 던지면서 물었다.

"방학수는 언제쯤 도착할 것 같소?"

신동규는 손목시계의 야광을 눌러 시간을 살펴보았다.

"우리가 홍하현에 거의 다 와서 그놈한테 전화했으니끼니
앞으로 2시간은 더 기다려야 할 겁다."

"그럼 그동안 미린지상에게 갔다가 옵시다."

"예에?"

신동규는 깜짝 놀라는데 정필은 비스듬히 기댔던 자세를
바로 했다.

"안내하시오."

부릉…….

김길우가 껐던 시동을 켜자 신동규는 비로소 현실로 돌아

왔다. 그는 지금껏 살아오면서 정필처럼 성격이 급한 사람을 처음 봤다.

신동규는 몇 군데 더 전화를 걸어서 수소문 끝에 정필과 김길우를 미린지샹이 살고 있다는 마을로 안내했다.

그곳은 멍쯔시 동쪽 외곽 포의촌(布衣村)이라는 산동네였으며 미린지샹의 집은 산꼭대기에 있었다.

밤 9시인데도 미린지샹의 집이 불 한 점 없이 캄캄한 것을 보더니 신동규는 이 집에 전기가 들어오지 않는다고 말해주었다.

그런데 그 집 앞에서 신동규가 실례한다고 말하고 나서 잠시 후에 밖으로 나온 노파를 보고 정필은 그녀가 중국인이 아니라는 사실을 깨달았다.

"묘족(苗族)임다."

미린지샹이 묘족이라는 사실을 몰랐던 신동규가 놀라움을 감추며 설명했다.

집 안으로 안내되어 들어간 정필 일행은 잠시 후에 미린지샹이 중병에 걸렸다는 사실을 알게 되었다.

정필 일행을 안내한 노파는 미린지샹의 모친이고 집 안에는 흐릿한 호롱불 아래에 미린지샹의 아내와 자식 이남일녀가 실내에 나란히 앉아 있었다.

하지만 어두컴컴해서 시력이 좋은 정필이라고 해도 그들의 모습을 식별하는 건 어려웠다.

"무엇 때문에 날 찾아왔소?"

대나무로 만든 침대에 누워서 두툼한 이불을 덮고 있는 병약한 모습의 미린지샹이 퀭한 눈으로 정필 일행을 보면서 작지만 비교적 또렷한 중국어 남쪽 사투리로 입을 열었다.

"우린 미린지샹이 필요함다."

김길우가 자신들은 태국 메콩강까지 갈 것이고 안내해 줄 사람이 필요한데, 혹시 소개해 줄 사람이 있느냐고 물었다. 중병에 걸린 미린지샹이 즉시 자리를 털고 일어날 수는 없기 때문이다.

"있소."

미린지샹은 미약하지만 힘 있게 대답했다.

미린지샹의 이름은 부루카(釜樓佧)다. 원래 성이 대카(代佧)이고 이름이 부루인데 이름을 앞에 붙이고 성 대카 중에서 '카'를 뒤에 붙여서 부루카라고 부른다.

"나는 원래 윈난에서 생산하는 보이차를 태국에 갖다 파는 것을 업으로 살아왔소. 그래서 중국에서 태국까지 밀림을 수천 번도 더 왕복했소."

그렇게 말하는 부루카의 눈이 빛났다. 전성기 시절이 생각난 모양이다.

"나만큼 밀림을 잘 아는 사람을 당신들에게 주겠소. 하지만 대가가 크오."

그는 자신만큼 밀림을 잘 아는 사람을 소개하겠다는 게 아니라 주겠다고 말했다.

정필이 묻고 김길우가 통역했다.

"어떤 대가를 원합니까?"

"두 가지요. 하나는 내 대신 당신들을 돕게 될 사람의 장래를 책임져 달라는 것이오. 그리고 또 하나는 돈이오. 나는 고향에 돌아가서 편안하게 살다가 죽고 싶소. 그러자면 돈이 필요하오."

정필이 생각하지 않고 계속 물었다.

"그 사람의 장래를 어떤 식으로 책임지라는 것이고, 돈은 얼마나 필요합니까?"

"그 사람은 내 후계자요. 그가 당신들 일을 돕게 되면 내 곁을 떠날 것이오. 그러므로 그의 인생 모든 것을 책임져야만 할 것이오. 할 수 있겠소?"

정필은 선선히 고개를 끄떡였다.

"할 수 있습니다."

미린지샹의 후계자에게 충분한 월급을 주고 또 의식주를 책임지며 가족처럼 대하면 될 것이라고 생각했다.

"그리고 또 한 가지 조건은 내 고향에 집을 한 채 살 수 있을 정도의 돈이 필요하다는 것이오. 적어도 2만 위안은 있어야 할 것이오."

정필은 두 번째 요구도 즉각 승낙했다.

"2만 위안은 지금 당장 줄 수 있습니다."

부루카가 고개를 돌려 정필을 바라보았다.

"둘 중에 당신이 터우터요?"

김길우가 설명했다.

"터우터우냐고 묻는 검다. 원래는 터우터인데 제가 터터우라고 하는 것은 함북 사투리가 섞여서리 그렇습다."

정필은 부루카를 보며 고개를 끄떡였다.

"그렇습니다. 내가 터우터입니다."

"이리 가까이 오시오."

정필이 일어나서 볼품없는 침상 가까이 다가가자 부루카는 이불 속에서 뼈만 남은 앙상한 손을 꺼내 내밀었다.

"옥단카(玉丹㐲)를 잘 부탁하오."

뒤따라 온 김길우가 조용한 목소리로 통역했다.

정필은 부루카의 손을 잡았다. 그가 방금 말한 '옥단카'가 그의 후계자일 거라고 짐작했다.

"그런데 당신은 어디가 아픈 겁니까?"

부루카의 나이는 42살이라고 했는데 고생을 많이 하고 병에 걸려서인지 겉보기에는 70살 넘은 노인 같았다. 그것만 아니라면 썩 잘생긴 얼굴이다.

"나는 죽을병에 걸렸소. 폐결핵이오……."

말이 끝나기 무섭게 부르카가 심하게 기침을 하자 앉아 있던 그의 부인이 급히 다가와서 헝겊을 입에 대주고 등을 두드렸다.

부루카가 기침을 멈추고 부인이 그의 입에서 떼어낸 헝겊에는 핏덩이가 진득하게 묻어 있었다.

정필은 미간을 좁혔다.

"결핵이 무슨 죽을병이라고……."

"중국에선 결핵이 거의 불치병으로 알려져 있습니다. 병원에 입원하거나 약을 먹으면 낫는데 그러자면 돈이 꽤 들기 때문에 가난한 사람들은 치료를 포기함다."

정필이 신동규를 돌아보았다.

"여기서 제일 좋은 병원이 어디요?"

"곤명의대병원임다."

정필이 김길우에게 지시했다.

"길우 씨, 곤명의대병원에 특실 하나 예약하세요."

"네에?"

신동규는 자신의 귀를 의심했다.

"저 사람이 말한 두 가지 조건을 들어주면 됐지, 뭘 사람까지 살린다는 말임까?"

김길우가 정색하며 신동규를 꾸짖었다.

"그럼 사람을 살릴 수 있는 방법이 뻔히 있는데도 모른 체해야 한다는 말이오?"

"길티만 그거이 돈이 많이 드니끼니 길티요."

"모르고 있으면 어쩔 수 없지만 살릴 수 있는 사람은 무조건 살리는 거이가 우리 터터우의 신조요."

김길우가 안내 전화에 연결해서 곤명의대병원 전화번호를 알아내고 곧바로 그곳에 전화하여 예약을 하는 동안 신동규가 부루카에게 중국어로 그 사실을 설명했다.

설명을 듣고 난 부루카는 크게 놀라면서 병원에 가지 않겠다고 버텼다.

고향에 집을 사라고 줄 2만 위안으로 병원에 입원시키려는 것으로 오해를 한 것이다.

신동규가 그게 아니고 정필이 집을 살 돈하고는 별도로 병원에 입원시켜 주는 것이라고 재차 설명하자 부루카는 멍한 표정을 짓더니 갑자기 소리 죽여서 흐느껴 울었다.

그는 아무 말도 하지 않고 벽을 향해 돌아누워서 울기만 했고, 어두컴컴해서 잘 보이지 않는 가족 즉, 부루카의 늙은 모친과 아내, 자식들도 낮은 소리로 흐느껴 울었다.

부루카 일가족은 정필의 선행에 크게 감격하여 오랫동안 울음을 그치지 못했다.

정필은 김길우를 그곳에 남겨서 부루카를 입원시키라 이르고는 자신은 신동규와 함께 방학수를 만나러 갔다.

방학수는 소형 버스를 몰고 정필 앞에 나타났다. 방학수와 운전을 하는 자, 그리고 건들거리는 또 한 명, 그렇게 3명이 약속 장소로 정한 멍쯔시 외곽 으슥한 곳에 세운 소형 버스에서 내렸다.

"신 형, 이거 자주 보는구마이."

깡마른 체구에 보통 키, 이마가 툭 튀어나온 앞짱구에 납작한 코, 짝짝이 눈 즉, 짝눈인 방학수가 짐짓 반갑게 웃으면서 다가와 신동규의 손을 잡고 위아래로 흔들면서 친한 체를 했다.

"방 형, 태국 가지 앙이 했소?"

"아… 그거이 내 몸이 좋지 앙이 해서리 다른 사람한테 안내를 시켰소."

방학수는 대수롭지 않다는 듯 손을 저었다. 그도 함북 사투리를 심하게 쓰는데 어째서 조선족이 중국 최남단 운남까지 내려왔는지 모를 일이다.

정필이 보니까 신동규가 방학수의 뻔뻔한 거짓말에 화를 참는 기색이 역력했다.

방학수가 주위를 두리번거리다가 정필을 쳐다보고는 이빨 사이로 침을 찍 뱉었다.

"물건은 어드메 있소?"

"먼 길에 지쳐서리 지금 다들 쉬고 있소. 내일 아침에 출발할 수 있소?"

방학수가 탈북자를 '물건'이라고 부르면서 물었다.

"내일 아침에 일찍 출발하려면 지금 김평으로 들어가는 거이 좋소. 물건 가지러 갑시다."

방학수가 서둘면서 신동규의 어깨를 툭툭 쳤다.

"신 형, 이번부터는 브로커비를 좀 올려야갔소."

"지난달에 올려놓고서리 또 올린다는 거이 말이 되오? 게다가 이번에는 4천 위안이오. 천 위안이나 많소. 그것도 적단 말이오?"

"우리는 이거이 목숨 내놓고 하는 일이라서 말이오. 두당 3천 위안이면 인건비도 나오지 앙이 하오."

"기래서 이번에는 4천 위안이라고 하지 않슴메?"

얘기가 길어질 것 같아서 신동규 뒤쪽에 우두커니 서 있던 정필이 나섰다.

"저 사람들 일행이오?"

정필은 멀찍이 떨어져서 담배를 피우고 있는 두 사내를 턱으로 가리켰다.

"그렇소. 형씨는 뉘기요?"

"배깥이 추우니까니 차에 올라서 얘기합세."

정필은 그동안 주위들은 함경도 말을 멋지게 구사했다. 그러면서 다짜고짜 소형 버스 문을 열고 올라가자 신동규는 어깨를 으쓱하고는 뒤따르면서 두 손을 비비며 방학수를 돌아보았다.

"날이 많이 춥소. 올라갑시다."

방학수는 어? 하는 표정을 짓더니 군소리하지 않고 동료인 두 사내를 손짓으로 불렀다.

신동규가 얼른 정필을 따라 소형 버스에 타고는 속삭이듯이 물었다.

"저쪽은 3명인데 어찌하려고 그럼까? 내는 싸움을 못 하는데 당신 혼자서리 당할 수 있슴까?"

정필은 가볍게 고개를 끄떡였다.

"괜찮소."

이윽고 방학수와 2명의 사내가 차에 올라탔는데 일이 잘 풀리려는지 흩어지지 않고 자기들끼리 모여 앉았다.

정필은 신동규에게 뒤로 빠지라고 눈짓을 보내고는 방학수 등 3명 앞에 섰다.

불을 켜지 않아서 캄캄한 실내지만 정필 눈에는 방학수와 2명의 사내가 똑똑하게 보였다.

"지금부터 내가 묻는 말에 거짓 없이 대답해야 한다."

"야… 야! 이거 뭐 하는 거네?"

정필의 느닷없는 행동에 방학수가 일어서려고 하면서 못마땅한 표정을 지었다.

칵!

"끅!"

그 순간 정필의 오른발이 총알처럼 튀어나가 발끝이 방학수의 가슴팍을 정확하게 찍어버렸다.

"끄으으…… 나 죽는다……."

방학수는 눈을 허옇게 까뒤집고는 통로에 나무토막처럼 뻣뻣하게 쓰러졌다.

쿵!

나란히 앉은 두 사내가 벌떡 일어나면서 허리춤에서 칼을 뽑는데 그보다 빨리 정필이 오른손에 cz—75를 쥐고 그들을 겨누었다.

권총을 본 두 사내는 크게 놀라서 칼을 쥔 손을 내리고 멈칫거리며 중국말로 뭐라고 지껄였는데 이제 보니 그들 둘은 중국인이었다.

"의자에 얌전히 앉아 있으라고 하시오."

정필의 말에 신동규는 화들짝 놀라서 급히 더듬거리면서 통역을 했다. 그는 설마 정필이 권총을 꺼낼 줄은 상상도 하지 못했던 모양이다.

통로에 쓰러진 방학수는 가슴을 걷어차인 고통보다 정필의 권총을 본 놀라움이 더 커서 바닥에 누운 상태로 꼼짝도 하지 않았다.

"일어나 앉아라, 방학수."

"……."

그러나 방학수가 눈을 꼭 감고 죽은 듯이 꼼짝도 하지 않는 것을 보고 정필이 조용한 목소리로 중얼거렸다.

"일어나지 않으면 그냥 쏴버리겠다."

"앗! 일어남다!"

그의 말이 끝나기 무섭게 방학수가 빛보다 빠른 속도로 후다닥 일어나 의자에 앉았다.

방학수와 두 명의 중국 사내는 몹시 긴장하여 꼿꼿하게 허리를 펴고 정필을 주시했다.

"두 번 묻지 않겠다. 대답을 하지 않거나 거짓말이라는 생각이 들면 그대로 갈겨 버리겠다."

"뭐… 뭘… 묻겠다는 거임까……."

방학수는 진땀을 흘리며 겨우 입을 열었다.

정필은 cz-75를 쥔 오른손을 아래로 내렸다. 그는 북경에서 곤명까지 비행기를 타고 오면서 권총을 갖고 왔지만 공항에서 뺏기지 않았다.

중국 여객기 국내선에서는 검문을 거의 하지 않았기 때문에 정필이 바지 속 다리에 cz-75를 차고 그 위에 비닐 테이프를 칭칭 감고 온 일은 헛수고가 돼버렸다.

정필은 차갑게 굳은 얼굴로 방학수를 쏘아보았고, 방학수는 그의 눈빛만으로도 극도로 겁에 질렸다.

"방학수, 너는 이틀 전 18일에 신동규 씨로부터 16명의 탈북자를 인계받았지?"

"……."

방학수는 움찔 몸을 떨면서 눈동자가 크게 흔들리며 재빨리 정필 뒤에 서 있는 신동규를 쳐다보았다.

정필은 방학수가 생각할 틈을 주지 않고 다그쳤다.

"그 사람들 어떻게 했느냐?"

"어… 그 사람들……."

"거짓말하면 갈겨 버린다고 말했었다."

정필이 다시 한 번 환기시키자 방학수는 입이 얼어붙은 것처럼 아무 말도 하지 못했다.

슥—

"대답을 하지 않아도 쏴버리겠다고 했었다."

"그, 그 사람들 밀림에 버려두고 왔습다……!"

"버려?"

정필의 눈썹이 치켜 올라가고 눈에서 사나운 눈빛이 와르르 쏟아졌다.

"네……."

"이 개새끼야! 그 사람들을 밀림에 버리면 어떻게 될 것 같으냐? 엉?"

정필은 화가 머리 꼭대기까지 치밀어서 당장 쏴죽일 것처럼 cz—75로 방학수를 겨누면서 을렀다.

"그 사람들 모두 죽으라고 밀림에 버린 거냐? 이 쌍놈의 새끼야!"

정필은 거의 이성을 잃기 직전이다. 그가 우려했던 최악의 상황이기 때문이다.

탈북자들을 중국 공안에 넘겼다면 그래도 어떻게든 목숨은 붙어 있지만 밀림 속에 버렸다면 아무것도 모르는 그들은 대부분 밀림을 헤매다가 죽고 말 것이다.

그런데 그때 정필은 방학수의 눈동자가 어둠 속에서 가볍게 흔들리며 반짝이는 것과 그의 입가에 아주 흐릿한 미소가 떠오르는 것을 발견하고 움찔했다.

아주 짧은 순간 정필의 머릿속에서 지금 이 상황에서 일어날 수 있는 여러 가능성들이 본능적으로 빠르게 명멸(明滅)했다.

그리고 한순간 그는 재빨리 오른쪽으로 상체를 쓰러뜨리듯이 기울이면서 뒤쪽으로 몸을 돌렸다.

쉬잇!

그 순간 뭔가 싸늘한 기운이 정필의 왼쪽 귓가를 스치는가 싶더니 왼쪽 어깨 바깥쪽이 뜨끔했다.

뒤로 돌아선 정필은 뜻밖에도 신동규가 바로 코앞에 서 있는 것을 발견했다.

신동규는 오른손에 쥐고 있는 짧은 칼 즉, 단검을 막 그어 내린 자세를 취하고 있었다. 말하자면 방금 신동규가 뒤에서 정필을 공격한 것이다.

만약 정필이 제때 피하지 못했다면 신동규의 칼이 뒤통수나 뒷목을 찔렀을 것이다.

재빨리 뒤돌아선 정필의 얼굴과 단검을 내리그은 동작을 취하고 있는 신동규의 얼굴 사이의 거리가 채 50㎝도 되지 않았다.

정필의 얼굴을 보고 있는 신동규의 얼굴은 놀라움과 다급함으로 물들어 있었다.

투충!

"끅!"

소음 부스터를 장착한 cz—75가 불을 뿜었고 총알이 아래에서 위로 신동규의 목을 뚫고 뒤통수로 빠져나가 소형 버스지붕을 뚫었다.

정필은 신동규를 쏘자마자 재빨리 방학수 쪽으로 몸을 돌리며 cz—75를 들어 올렸다.

놀랍게도 정필이 신동규 쪽으로 돌아섰다가 한 발을 발사하고 다시 돌아선 그 짧은 순간에 방학수와 2명의 중국인, 3명

모두가 단검과 작은 손도끼를 쥐고 정필을 향해 무시무시하게
공격해 오고 있었다.

쉬잉!

3명이 험악한 표정을 지으면서 휘두르는 단검과 손도끼가
허공을 가르는 소리가 흡사 귀신이 울부짖는 소리처럼 정필의
고막을 후벼 팠다.

투충! 큐웅!

"큭……."

"컥!"

정필은 중국인 사내 2명의 면상에 연달아 총알 한 발씩을
발사하고 cz—75를 재빨리 방학수 얼굴에 쏠 것처럼 바싹 디
밀었다.

"흐으으……."

정필을 향해 손도끼를 휘두르던 방학수는 자신의 얼굴을
겨누고 있는 cz—75의 새카만 총신을 보고는 기겁해서 손도끼
를 쥔 손을 힘없이 내리고 주춤거렸다.

"사… 살려주시라요……."

방학수는 중국인 사내 2명이 얼굴이 관통돼서 즉사하여 바
닥과 의자에 걸쳐 있는 것을 보고는 얼굴빛이 샛노랗게 변해
몸을 부들부들 떨었다.

쿡! 쿡!

"이 새끼야, 아예 대갈통에 총알을 박아줄까? 응? 그러길 원하는 거냐?"

정필은 총구로 방학수의 뺨을 찌르면서 그냥 이대로 쏴버리고 싶은 것을 겨우 참았다.

지금 방학수를 죽이면 그가 밀림 어디에다 탈북자 16명을 버렸는지 알 수가 없기 때문이다.

정필은 이를 악물고 cz—75 손잡이로 방학수의 뒤통수를 강하게 내리찍었다.

빽!

"큭!"

방학수는 눈을 허옇게 까뒤집더니 의자에 털썩 주저앉았다가 옆으로 픽 쓰러졌다.

정필은 cz—75를 파카 안주머니에 집어넣으면서 소형 버스 실내를 둘러보았다.

어두운 실내 여기저기에 신동규와 2명의 중국인 사내의 시체가 나뒹굴어 있고 그들이 흘린 피비린내가 토할 것처럼 역겹게 진동했다.

정필은 뒤로 벌렁 자빠져서 천장을 보고 쓰러져 있는 신동규를 굽어보면서 미간을 잔뜩 찌푸렸다.

그는 설마 신동규가 배신하여 뒤에서 습격할 줄을 전혀 예상하지 못했었다.

신동규를 완전히 믿지는 않았지만 방학수에게 분노하는 그를 보고는 거의 의심을 접었었다.

만약 조금 전 상황에서 방학수가 묘한 눈빛과 흐릿한 미소를 짓지 않았더라면 정필도 신동규의 습격을 알아차리지 못했을 것이다.

정필은 신동규와 중국인 사내 2명을 한 명씩 세밀하게 살펴보고 그들이 완전히 숨이 끊어진 것을 확인했다. 그 다음에 기절한 방학수의 손과 발, 그리고 입을 미리 준비한 테이프로 여러 겹 꽁꽁 묶었다.

"후우……."

한바탕 전쟁을 치른 정필의 온몸은 땀으로 후줄근하게 젖어 있었다.

그는 창을 통해서 조심스럽게 밖을 살폈다. 이런 일이 벌어질 것을 미리 예상해서 한적한 곳으로 방학수 일행을 유인했었지만 혹시 지나던 사람이라도 있어서 소형 버스 안에서 총이 발사되는 것을 봤을 수도 있다.

그는 소형 버스에서 내려 주변을 한 바퀴 돌면서 자세히 살폈지만 이상한 점을 발견하지는 못했다.

정필은 김길우에게 전화를 하고 숲 가장자리의 바위에 앉아서 담배를 피웠다.

그의 앞쪽에는 소형 버스, 그리고 그와 신동규가 타고 온 렌트한 승용차가 10m 간격으로 서 있다.

"후우……."

부연 담배 연기가 어둠 속으로 흩어졌다.

그의 손이나 몸에는 피가 묻지 않았으나 그는 자신의 몸에서 피 냄새가 물씬 풍기는 것을 느꼈다. 물론 진짜 피 냄새는 아니고 느낌상의 피 냄새다.

그리고 피 냄새는 이제 익숙해졌다. 그는 자신이 점점 맹수로 변해간다는 것과 이제는 되돌아갈 수 없는 곳까지 와버린 것을 아련하게 실감했다.

작년 초겨울에 처음 중국에 와서 은애를 목 졸라서 죽였던 박종태를 죽인 것을 시작으로 해서 조금 전 방학수 패거리까지 정필이 지금껏 죽인 사람이 몇 명인지 기억조차 나지 않았다.

그렇지만 그가 죽인 자들은 사람이 아니라 전부 짐승 아니, 악마들이었다.

그가 그 악마들을 죽임으로써 수백, 수천 명의 북한 사람을 사지에서 건진 것이다.

그는 자신이 악마들을 죽인 것에 대해서 일말의 가책도 없으며 추호도 후회하지 않는다.

앞으로 그런 상황이 닥친다면 망설임 없이 또 가차 없이 살인을 할 각오다.

뚜르르르······.

그때 정필의 휴대폰이 울렸다.

―터터우, 어딤까?

김길우가 근처까지 택시를 타고 왔다. 정필은 이곳으로 오는 길과 이곳의 지형지물을 대충 가르쳐 준 후에 전화를 끊으면서 담배를 끄고 일어섰다.

잠시 후에 소형 버스 뒤쪽에서 발자국 소리가 나더니 김길우가 모습을 나타냈다.

그런데 김길우 혼자가 아니라 그의 뒤에 자그마한 체구의 사람이 따라오고 있었다.

"터터우."

정필이 다가가자 김길우가 빠르게 걸어왔다.

"누굽니까?"

"미린지샹의 후계자입니다."

묘족 미린지샹 부루카가 정필에게 주겠다고 말한 후계자와 함께 왔다는 것이다.

"부루카는 곤명의대병원 특실에 입원시켰습니다. 의사 말로는 3개월 안에 좋아질 것이고 그때부터는 퇴원해서 집에서 지내며 병원에서 준 약을 복용하면 된담다."

"잘 했습니다."

김길우는 뒤에 서 있는 후계자에게 손짓을 하면서 중국어로 뭐라고 말했다.

그러자 후계자가 고개를 숙인 채 걸어와서 정필 앞에 서더니 그 자리에 무릎을 꿇었다.

"뭐 하는 겁니까?"

정필이 어리둥절해서 묻자 김길우가 설명했다.

"주종의식(主從儀式)을 치르는 거람다."

"그게 뭡니까?"

후계자가 정성스럽게 정필의 오른쪽 신발을 벗기더니 양말까지 벗기고 있다.

"터터우께서 부루카에게 후계자 옥단카를 돈으로 사시지 않이 했슴까? 그래서리 지금 옥단카가 종으로서 터터우께 최초의 인사를 드리는 거임다."

정필이 후계자 즉, 옥단카의 두 손에서 발을 뺐다.

"종이라니, 나는 옥단카를 돈을 주고 산 적 없습니다."

"터터우께서 이 의식을 거부하시면 말임. 부루카하고의 거래 자체가 깨지는 검다. 그럼 우린 다른 미린지상을 구해야 할 검다."

김길우의 말인즉, 그러니까 옥단카가 하는 대로 잠자코 있으라는 뜻이다.

옥단카가 다시 조그만 두 손으로 발을 잡았고 정필은 이번에는 가만히 있었다.

현재 16명의 탈북자가 정글에 버려진 상태라서 그들을 구하려면 옥단카의 도움이 절실하다.

"……!"

정필은 움찔 놀랐다. 옥단카가 그의 맨 발등에 입을 맞췄기 때문이다.

"지에쇼(接受:수락한다)라고 말씀하시기요."

"지에쇼."

정필은 빨리 이 상황에서 벗어나기 위해서 김길우가 시키는 대로 말하자 옥단카가 그의 발등에서 입술을 떼고 고개를 들어 그를 올려다보는데 뜻밖에도 여자다.

'이런……'

더구나 이제 20살도 안 되어 보이는 어리고 앳된 귀여운 얼굴이 거기에 있었다.

말하자면 아리따운 묘족 소녀가 정필의 커다란 발등에 입술을 맞춘 것이다.

정필이 어이없는 표정을 짓는데 옥단카는 그를 올려다보면서 빨간 입술을 나풀거렸다.

"티엔샹후총(天上服從)."

"터터우를 하늘처럼 받들어 복종하갔담다."

정필은 급히 김길우를 데리고 한쪽으로 물러나서 책망하듯 말했다.

"저 아이를 여기 데려오면 어떻게 합니까?"

김길우는 머리를 긁적이며 송구스러운 표정을 지었다.

"이런 상황이 될 줄은 저도 몰랐슴다."

그렇게 말하면서도 그가 재미있다는 표정을 짓는 것을 정필은 놓치지 않았다.

김길우는 소형 버스에 올라가서 3구의 시체와 방학수가 테잎에 꽁꽁 묶여 있는 모습을 둘러보고는 몹시 심각한 표정을 지었다.

"저걸 어떻게 처리함까?"

김길우가 내려와서 정필에게 말하고 있을 때 옥단카가 소형 버스에 올라갔다.

그걸 보고 정필과 김길우는 동시에 움찔 놀랐다. 하지만 옥단카는 이미 소형 버스에 올라갔기 때문에 어쩔 수가 없는 상황이다.

정필은 3구의 시체를 처리하는 일과 아울러서 옥단카의 입을 막아야 하는 일이 겹쳤다.

그런데 소형 버스에서 내려온 옥단카가 곧장 정필과 김길우에게 오더니 뭐라고 얘기했다.

"옥단카가 시체를 처리할 거냐고 묻슴다."

시체를 보고 놀라서 자빠질 거라고 예상했던 옥단카가 전혀 뜻밖의 반응을 보였다.

정필로선 일이 예상하지 않았던 방향으로 흘러가고 있지만 이제 와서 멈출 수가 없는 상황이다.

그가 고개를 끄떡이는 걸 보고 옥단카는 또 뭐라고 말했으며 그걸 통역하는 김길우는 찜찜한 표정을 지었다.

"시체 처리하는 걸 자기한테 맡기랍다."

방학수와 3구의 시체가 실린 소형 버스는 김길우가 몰고, 정필은 렌트한 승용차를 운전하여 조수석에 탄 옥단카가 가리키는 대로 앞장서서 멍쯔시 북쪽에 있는 대둔해(大屯海)라는 커다란 호숫가에 달려와서 멈췄다.

10㎞ 이내에 집이라곤 없으며 사람의 발길조차 없는 외진 호숫가에 소형 버스를 바싹 대고 3구의 시신을 차례로 끌어내렸다.

그런데 뜻밖의 사고가 생겼다. 테이프로 입을 막았던 방학수가 죽어 있는 것이다.

코가 막혀 있었던 모양인데 그 상태에서 입까지 막아버렸으니까 질식해서 죽은 것 같았다.

깨어나서 소리를 지를까 봐 테이프로 입을 막은 것인데 죽어버렸으니 난감한 일이다.

방학수가 없으면 16명의 탈북자를 밀림 속 어디에 버렸는지 알아낼 수가 없다.

결국 정필과 김길우는 방학수까지 4구의 시체를 모두 소형 버스에서 끌어내려 호숫가에 나란히 눕혔다.

그러자 옥단카가 정필과 김길우더러 물러나라는 손짓을 하며 뭐라고 말했다.

"담배 한 대 피우고 있으람다."

정필은 4구의 시체 옆에 오도카니 서 있는 묘족 전통 옷을 입고 있는 옥단카를 묵묵히 응시했다.

옥단카는 생긋 미소를 지으면서 정필더러 물러가라는 손짓을 해보였다.

155cm의 작은 키에 아담하고 마른 체구이며 얼굴이 정필의 주먹보다도 작아보였다.

피 칠을 한 것 같은 새빨간 상의에 물빛 파란 바지를 입었으며, 틀어 올린 머리에는 끝에 수실 장식이 달린 가늘고 긴 젓가락 같은 것을 6개나 꽂고 있다.

배꽃처럼 하얀 얼굴에 수줍은 미소를 짓는 옥단카는 두 손을 앞에 모으고 고개를 숙이고는 그대로 가만히 있었다. 정필이 물러나기를 기다리는 것이다.

정필이 돌아서서 걷다가 뒤돌아보자 그녀는 그때까지도 고개를 숙인 자세 그대로다.

정필이 20m쯤 떨어진 곳 풀밭에 이르러 앉아서 담배 한 대를 피워 물고 쳐다보자 옥단카는 호숫가에 뒷모습을 보이고 웅크린 채 앉아서 뭔가 하고 있었지만 워낙 어두워서 잘 보이지 않았다.

"저 아이 몇 살이랍니까?"

"18살이람다."

"저렇게 어린애를……."

정필은 설마 부루카가 후계자라고 내세운 사람이 자신의 장녀이고 그것도 18살짜리 어린 계집아이일 줄은 상상도 하지 못했었다.

어설프게도 부루카에게 사기를 당한 기분이라서 실망이 컸다. 그렇지만 이제 와서 왜 그랬느냐고 따져본들 무의미하다는 생각이 들었다.

늦은 감이 있지만 그냥 없었던 일로 돌리고 옥단카를 돌려보내면 될 일이다.

하지만 부루카의 폐결핵을 치료하려고 곤명의대병원 특실에 입원시킨 일이나 그의 고향에 집을 사주겠다는 약속은 지킬 생각이다.

어차피 정필에겐 주체할 수 없을 정도로 어마어마한 돈이 있고, 부루카 일가족은 궁핍의 밑바닥에 처해 있어서 누군가의 도움이 절실하게 필요하니까 자선을 베푸는 셈 치면 되는 일이다.

정필은 담배 한 대를 피우면서 생각을 정리한 후에 옥단카에게 가서 그녀를 물러나게 하고 자신이 직접 시체들을 처리할 생각이다.

옥단카가 호숫가에서 무얼 하고 있는지는 모르지만 시체를 처리하는 일하고는 거리가 멀 것이다. 18살짜리 계집아이가 뭘 할 줄 알겠는가. 최소한 그때까지만 해도 정필은 그렇게 생각했다.

처음부터 신동규를 믿는 게 아니었다. 방학수하고 한 패거리인 그런 놈이 소개한 미린지샹이라는 사람이 올바를 리가 없다.

슥—

이윽고 정필이 담배를 비벼 끄고 일어나 옥단카에게 걸어가자 김길우가 뒤따랐다.

제41장
옥단카

사박사박······.

두 사람이 모래를 밟는 소리가 자늑자늑 울려 퍼지자 쪼그
려 앉아 있던 옥단카가 힐끗 뒤돌아보더니 일어서는데 정필
은 그녀의 오른손에 피 묻은 칼이 쥐어져 있는 것을 발견하고
가볍게 놀랐다.

정필은 옥단카의 발아래 쪽을 보다가 자기도 모르게 놀라
는 소리를 낮게 냈다.

"엇?"

"우왓! 저게 뭘까?"

뒤따라온 김길우는 그 광경을 보더니 기절할 것처럼 비명을 질러댔다.

무릎 정도 오는 물속에 발가벗겨진 시체 4구가 얼굴을 위로 한 채 가라앉아 있는 광경을 보고는 강철 심장인 정필이지만 놀라지 않을 수가 없었다.

옥단카가 무엇 때문에 시체들을 발가벗겨서 물속에 집어넣은 것인지 모를 일이다.

그때 정필은 옥단카가 물에 칼을 씻는 것을 보았다. 그녀의 칼은 일반적인 단검하고는 다른 모습이었다.

그리 길지 않은 20㎝ 정도 길이에 초승달처럼 완만하게 구부러진 모습이며 칼날과 손잡이의 경계 즉, 슴베에 있어야 할 칼코등이가 없다.

그리고 칼 바깥쪽에만 칼날이 있는데 얼마나 예리한지 어둠 속에서도 새파랗게 빛났다.

그녀는 칼에 묻은 피를 깨끗이 씻고 일어나더니 상의 품속에서 검은 가죽의 칼집을 꺼내 거기에 칼을 꽂아 다시 품속에 넣었는데, 칼집에 줄이 연결되어 있어서 그걸 목에 걸고 있었다. 그러니까 그녀는 칼을 목걸이처럼 목에 걸고 다니고 있었다.

옥단카의 칼에 피가 묻어 있었다면 그녀가 칼로 시체에 무슨 짓을 했다는 뜻이었다. 정필은 쪼그리고 앉아서 시체들을 자세히 살피다가 방학수의 목 언저리에 상처가 있고 그곳에서 피가 흘러나와 물속에서 퍼지고 있는 것을 발견하고 움찔 놀랐다.

정필이 잠시 동안 살펴본 결과 4구의 시체들은 목과 손목, 허벅지에 손가락 한 마디씩 베인 상처가 있었다. 그곳에서 피가 흘러나와 물이 시뻘겋게 물들었다.

이런 식으로 몸의 동맥과 정맥을 잘라서 물에 담가놓으면 온몸의 피가 죄다 흘러나와 시체들을 어디로 옮기더라도 더 이상 피를 흘리지는 않을 것이다.

만약 이렇게 처리하지 않았으면 4구의 시체를 옮기는 도중에 소형 버스에 싣든, 승용차에 싣든 피범벅이 되어 곳곳에 흔적을 남기게 됐을 것이다.

정필이 쳐다보니까 옥단카가 김길우와 뭔가 얘기를 하더니 김길우가 승용차 트렁크를 열어 헝겊 같은 것을 그녀에게 건네주었다.

옥단카가 헝겊을 호숫가에 앉아 물에 적셔서 꼭 짜서는 소형 버스에 올라가는 모습을 본 정필은 그녀가 무엇을 할 것인지 짐작했다.

소형 버스 곳곳에 고여 있거나 묻어 있는 피를 닦아낼 생각이 분명했다.

그녀는 시체를 처리하는 것은 물론이고 자잘한 뒤처리까지 놓치지 않았다.

'저놈, 물건이다.'

정필은 피 묻은 헝겊을 빨러 소형 버스에서 내려오는 옥단
카를 보면서 적이 감탄했다.

부르카에게 이 거래를 물러야겠다는 조금 전의 생각 따윈
저 멀리 사라져 버렸다. 만약 부르카가 무르겠다고 하면 그의
소원을 다 들어주고서라도 옥단카를 곁에 둬야겠다는 생각이
들었다.

정필은 왠지 정글 속에서도 옥단카가 실망시키지 않을 것이
라는 믿음이 생겼다.

정필 일행은 깨끗해진 4구의 시체를 옥단카가 안내하는 깊
은 산속으로 들어가 절벽 아래로 집어던졌다.

옥단카 말에 의하면 절벽 아래는 수십 미터 깊은 협곡 사
이로 중국명으로는 위안장강이라는 원강(元江)이 흐르는데 무
척 깊고 유속이 빠르며 30㎞쯤 흐르다가 베트남 밀림 속으로
흘러든다는 것이다.

그로써 방학수와 신동규, 중국인 사내 2명은 인간 세상에
서 깨끗이 사라졌다.

앞으로는 지금보다 더 많은 탈북자가 중국으로 유입되고 그
중에서 절반 이상이 남쪽 루트를 선택할 텐데, 방학수와 신동

규 같은 악마가 사라짐으로써 미래의 탈북자들이 조금쯤은 안심할 수 있게 되었다.

정필 일행이 다시 홍하현 멍쓰시로 돌아왔을 때에는 새벽 4시가 돼가고 있었으며 거리는 쥐 죽은 듯이 고요했다.

그들은 방학수가 타고 왔던 소형 버스를 으슥한 곳에 감춰 두고 승용차를 몰고 다른 장소로 이동하여 세우고는 차 안에서 잠을 청했다.

그때 뒷자리에 혼자 앉은 옥단카가 정필에게 뭐라고 하면서 그의 왼쪽 어깨를 가리켰다.

"터터우께서 다쳤다고 하는데……."

틱…….

운전석의 김길우가 앞좌석 쪽 실내등을 켜고 정필의 왼쪽 어깨를 보더니 눈을 크게 뜨며 놀랐다.

"아! 터터우, 다치셨잖습까?"

지금까지는 경황중이라서 정필이 신동규의 칼에 왼쪽 어깨를 베인 것을 발견하지 못했었다. 작은 상처인데다 정필이 전혀 내색을 하지 않았기 때문이다.

"별것 아닙니다."

"옥단카가 치료하갔담다."

"괜찮다고 하세요."

그런데 옥단카는 벌써 품속에서 주먹 크기의 금색 주머니를 꺼내고 있었다.

"옥단카가 터터우더러 뒤로 오람다."

정필은 귀찮았지만 아까부터 왼쪽 어깨가 계속 쓰라려서 영 신경이 쓰였다.

그렇기도 하지만 옥단카가 어떻게 치료를 하려는 것인지 궁금하기도 했다.

"상의를 벗으람다."

"그 정도는 알아들었습니다."

김길우가 통역하자 뒷자리로 옮긴 정필은 이미 상의를 벗고 있었다.

정필이 입고 있는 파카 왼쪽 어깨의 바깥 부위는 손가락 두 마디 길이만큼 베어져 있었으며, 안에 입고 있던 티셔츠는 그보다 작게, 그리고 어깨는 손가락 한 마디쯤 베어져 있어서 피가 조금씩 흘렀다.

옥단카는 금색의 주머니를 열어 그 속에서 빨간색 작은 주머니를 꺼냈다.

나중에 알게 되었지만 금색 주머니 안에는 여러 개의 작은 주머니들이 있었다.

그녀는 상처를 소독하거나 씻지도 않고 단지 빨간 주머니에서 엄지와 검지로 살짝 집은 정체불명의 빨간 가루를 상처에 살살 뿌렸다.

"우웃!"

정필은 마치 불에 새빨갛게 달군 쇠꼬챙이로 어깨를 지진 듯한 강렬한 화끈거림을 느꼈다.

그렇지만 한 번 확! 하고 아팠다가 차츰 완화되더니 잠시 후에는 상처 부위가 외려 서늘해졌다.

옥단카는 마지막으로 무슨 잎사귀를 정필의 어깨에 붙여주고는 옷을 입으라는 제스처를 해보였다.

정필과 김길우는 승용차에서 잠깐 눈을 붙이려고 했는데 옥단카가 자기네 집으로 가자고 해서 그러기로 했다.

집에는 부루카의 모친과 옥단카의 두 남동생만 있었다. 부루카는 곤명의대병원에 입원을 했고 부인은 남편을 돌보기 위해서 곁에 머물고 있다.

김길우는 부루카를 곤명의대병원 특실에 입원시키고 전속 간호사와 간병인까지 붙여주었다.

길림성에서 매우 잘 나가는 외제 자동차 매매상사인 흑천상사의 대표 김길우는 몇 만 달러쯤은 자신의 재량으로 마음껏 사용할 수 있을 정도가 됐다.

홍하현 외곽 산꼭대기에 있는 옥단카의 집에는 주방 하나에 방이 하나 있으며 여태까지 방 하나에서 온 가족이 살아왔다고 한다.

방에는 부루카가 누워 있던 낡은 침상 하나뿐이고 다른 가족들은 바닥에서 잠을 자왔었다.

부루카의 모친은 침상의 이불을 다 걷어내고는 낡았지만 새 이불을 깐 후에 정필더러 그곳에서 자라고 했다.

"피곤하실 텐데 어서 주무시기요. 만약 성의를 거절하면 자존심 센 묘족 할마이가 무시당했다고 절벽에서 뛰어넬지도 모름다."

설마 그러기야 하겠느냐마는 정필은 순박한 묘족 노파의 성의를 거절할 용기가 없어서 고맙다고 고개를 숙여 보이고는 침상에 누웠다.

그의 키가 커서 발목까지 침상 밖으로 나왔지만 부루카의 모친은 그를 보면서 만족한 미소를 지으며 두 손자가 누워 있는 곳으로 갔다.

김길우는 침대 아래 바닥에 거적 같은 이불을 깔고 누우면서 중얼거렸다.

"어… 참, 터터우, 옥단카 있잖습까?"

"네."

"터터우 발아래에 있슴다."

슥―

정필이 상체를 일으켜서 보니까 정말 그의 발아래 바닥에 옥단카가 무릎을 꿇은 자세로 두 손을 무릎에 얹고 단정하게 앉아 있었다.

"왜 이러는 겁니까?"

"저도 조금 전에 들었는데 말입다. 원래 종은 주인이 자는 동안 저렇게 지키고 있어야 한답다."

"그런⋯⋯."

정필은 어이가 없어서 말이 나오지 않았다.

"묘족이 주인을 섬기면 다 그렇게 한답다. 지금은 시대가 변해서리 주인을 모시는 묘족이 없다고 하지만 말입다."

정필은 자신이 자는 동안 절대로 옥단카를 저런 자세로 앉혀놓고 싶지 않았다.

"옥단카를 제대로 자게 할 방법이 없는 겁니까?"

"침상에서 터터우와 함께 재우면 됩다."

"그게 무슨⋯⋯."

"터터우, 잘 생각해 보시기요. 옥단카는 터터우의 종입다. 종이 뭐임까?"

"아… 알았습니다."

정필은 그냥 침상에 누웠다. 20세기에 주인과 종이라니, 개가 다 웃을 일이다.

그렇지만 그는 조금 전에 본 옥단카의 모습이 자꾸만 눈에 밟혀서 결국 또 일어나고 말았다.

"쟤한테 올라오라고 하세요."

김길우가 졸린 목소리로 돌아누우면서 말했다.

"종은 주인의 명령만 듣는담다. 하움……."

결국 정필은 옥단카에게 침상에 올라오라는 손짓을 했다.

정필 일행은 아침 일찍 일어나서 멍쯔 시내를 돌면서 밀림을 통과하여 태국 메콩강까지 가는 동안 필요한 물품들과 식품, 그리고 정글 복장을 구입하여 각자의 배낭에 가득 채웠다.

정필과 김길우는 등산복 개념의 정글 복을 샀으며, 옥단카의 묘족 전통 복장이 너무 눈에 띄는 탓에 정필은 그녀에게도 같은 옷을 사주었다.

또한 옷을 구입한 백화점 여점원의 충고로 옥단카의 브래지어와 팬티, 생리대 같은 것들도 샀다.

렌트한 승용차를 타고 김평으로 이동하는 동안 정필은 장중환 목사에게 전화를 걸었다.

—정필 군! 어떻게 됐나?

장중환 목사는 거의 고함을 지르듯이 말했다. 정필이 연길을 떠나고 나서 첫 통화이기 때문에 궁금한 것이 한두 가지가 아니다.

"좋지 않습니다."

정필은 이곳 상황에 대해서 설명했다. 할 말이 그리 많은 것도 아니다. 마지막 브로커가 탈북자 16명을 밀림에 버렸다는 것. 그래서 정필이 찾으러 간다는 내용뿐이다.

—아아……

장중환 목사는 큰 충격을 받았는지 말을 하지 못하고 신음 같은 탄식만 토해냈다.

—정필 군.

그러다가 한참 만에 겨우 가라앉은 목소리로 말했다.

"말씀하십시오."

—부탁하네.

장중환 목사로선 그렇게밖에는 할 말이 없을 것이다.

"알겠습니다."

—라오스에 도움을 줄 사람이 있네.

뜻밖의 말에 정필은 다시 전화하겠다고 하고 끊었다.

"베트남이나 라오스에서 다른 사람의 도움이 필요한지 옥단카에게 물어봐 주십시오."

김길우가 옥단카와 얘기를 하고 나서 말했다.

"우리 목적이 뭐냐고 묻슴다."

그러고 보니까 아직까지 옥단카에게 계획에 대해서 설명하지 않았다.

"차, 길가에 세우세요."

김길우가 새로 렌트한 승용차를 홍하현에서 김평으로 가는 산악 도로 길가에 세웠다.

"옥단카에게 설명해 주세요."

정필이 말하면서 미리 준비한 지도를 펼쳤다.

김길우가 뒤돌아보면서 옥단카에게 목적에 대해서 자세히 설명하는 동안 정필은 중국 남부 지역과 베트남 북부 지역, 라오스, 태국 북부 지역을 크게 확대한 지도를 꼼꼼하게 살펴보았다.

"마지막 브로커들이 즐겨 이용하는 루트에 대해서도 물어보세요."

"알갔슴다."

뚜르르르……

김길우가 옥단카에게 설명을 하고 있으며 정필이 지도를 살피고 있는데 휴대폰이 울렸다.

―정필 씨! 지금 어디에요?

목소리의 주인은 뜻밖에도 다혜다.

정필이 어디 갔는지 몰라서 행선지를 묻는 게 아니라 말 그대로 지금 정필이 있는 장소를 묻는 것 같았다.

"베트남 국경으로 들어가기 한 시간 전입니다."

―이런, 씨……

다혜 입에서 욕이 튀어 나오려다가 멈췄다. 상대가 정필이 아니었다면 욕이 쏟아졌을 것이다.

정필은 연길 삼천리강산에서 장중환 목사, 김낙현 등과 점심 식사를 하고 나서 저녁에 집에서 측근들과 술을 마셨는데 그때 다혜는 많이 취했었다.

정필이 장중환 목사의 전화를 받고 이른 새벽에 김길우와 함께 집을 나설 때 다혜는 술이 떡이 돼서 한밤중처럼 자고 있기에 깨우지 않고 그냥 곤명으로 출발했었다.

다혜는 술이 깬 후에 부랴부랴 뒤쫓아 온 모양이다.

정필이 곤명으로 오는 도중과 곤명에 도착하고 난 이후에도 여러 번 휴대폰이 울렸었는데 일체 받지 않았었다. 전화를 한 사람이 장중환 목사일 수도 있고, 김낙현이거나 다혜일 수도 있으며, 중요한 전화일 수도 있지만, 어쨌든 정필로서는 방해받고 싶지 않았다.

―기다려 줄 수 있어요?

다혜 목소리가 절박했다.

"어디 있습니까?"

―조금 전에 곤명공항에 내렸어요.

정필이 말이 없자 다혜의 목소리가 더욱 절박해졌다. 정필 성격을 잘 아는 그녀는 읍소(泣訴) 작전으로 나갔다.

―정필 씨, 제발…….

정필은 다혜가 곤명공항에서 여기까지 오는 시간이 아무리 빨라도 7시간 이상 소요될 것이라고 계산했다.

—정필 씨, 나 이미 시말서 썼단 말이에요.

정필은 인정하지 않고 있지만 다혜는 안기부 대공10단 미카엘 팀의 일원으로 발탁되었고, 정필의 그림자가 되라는 지시를 받았다.

그런 그녀가 술에 취해서 늦잠을 자는 바람에 정필을 놓쳤다는 이유로 시말서를 썼다는 얘기다.

아마도 김낙현에게 시말서를 써냈을 것이다. 그렇지만 김낙현이 대공10단 미카엘 팀하고 무슨 관계인지는 정필도 알지 못한다.

—이번에도 정필 씨 놓치면 나 감봉 처분받아요.

다혜가 계속 우는 소리를 했다. 하지만 정필은 다혜가 감봉 처분 따위를 두려워해서 징징거리는 여자가 아니란 걸 잘 알고 있다.

그녀는 정필이 알고 있는 사람들 중에서 최고의 여장부다. 그러니까 그녀가 애원하는 이유는 따로 있을 것이다.

정필은 원래 냉정한 성격이지만 지금은 더 냉정하게 생각 아니, 계산을 했다.

정필과 김길우는 지금 이곳에 소풍을 온 게 아니다. 16명의 탈북자를 구하러 왔기 때문에 사사로운 감정에 얽매여서는 안 된다.

그리고 정필은 과연 7시간 이상을 기다렸다가 합류하게 될 다혜가 밀림에서 어떤 도움을 줄 수 있을지 잠시 생각하다가 결론을 내렸다.

"연길로 돌아가십시오."

ㅡ정필 씨!

정필의 단호한 결정에 다혜의 목소리가 자지러졌다.

정필이 휴대폰을 끊으려는데 다혜의 발악하는 목소리가 터져 나왔다.

ㅡ야! 인마! 최정필! 내 말 잘 들어! 전화 끊으면 너 나한테 죽을 줄 알어?

뚝…….

정필이 휴대폰을 끊자 김길우가 기다렸다는 듯 설명했다.

"옥단카가 얘기하는 것은 말임. 실종된 탈북자들 중에서 몇 명이라도 구해서리 태국 메콩강까지 이동할 경우의 일임다. 그리 되면 라오스쯤에서 누군가 우리를 도와준다면 아조 좋다는 검다."

"왜 그렇답니까?"

팔락…….

"여기 지도가…….."

김길우가 정필이 펼친 지도를 들여다보는데 옥단카가 운전석과 조수석 사이 좁은 공간으로 들어와서 콘솔 박스에 살포시 궁둥이를 붙이고 앉아 기어가 있는 곳에 두 다리를 포개서 뻗고는 지도를 들여다보았다.

정필과 김길우는 옥단카를 보면서 어이없기도 하고 귀엽기도 하다는 미소를 지었다.

운전석과 조수석 사이로 빠져나올 수 있을 정도의 사람이라면, 더구나 콘솔 박스에 오도카니 앉을 정도라면 유치원에 다니는 어린아이나 가능한 일이다.

초등학생만 되도 그 좁은 공간으로 빠져나와 콘솔 박스에 앉는 일은 버겁다.

그런데 옥단카는 체조 선수처럼 아주 유연하게 그 신기한 동작을 해내서 정필과 김길우를 미소 짓게 만들었다.

옥단카가 펼친 지도의 어딘가를 짚으면서 설명을 하고 그것을 김길우가 통역했다.

"브로커가 버린 탈북자들을 찾으려면 브로커들이 자주 이용하는 길로 가야만 함다. 방학수가 탈북자들을 이끌고 밀림에 들어간 지 하루 만에 그들을 버리고 중국으로 돌아왔다면 여기, 이쯤에서 버렸을 거라고 함다. 시간상으로나 위치상으로 이쯤이 가장 유력하다는 검다."

옥단카는 베트남 북서쪽 밀림 지대 한 곳을 조그맣지만 희고 긴 손가락으로 가리켰다.

"여기가 어딘지 알고 있니?"

정필이 보기엔 밀림이란 다 거기가 거기 같아서 도통 알 수가 없다.

"잘 안답니다."

옥단카는 방금 손가락으로 짚었던 곳에서 남서쪽으로 천천히 줄을 그었다.

"여기에서 라오스 국경까지 120㎞람다. 라오스 국경에 들어가서도 태국 국경까지 가려면 라오스를 남쪽으로 가로질러서 900㎞를 더 가야 하고 줄곧 밀림인데 만약 도와주는 사람이 있다면 밀림이 아닌 여기 이 도로를 차로 750㎞쯤 쉽게 이동할 수 있다고 함다."

밀림으로만 줄곧 갈 거라고 생각했던 정필이 놀라서 옥단카를 쳐다보자 그녀는 그를 바라보며 까만 눈을 반짝이며 말했다.

"탈북 브로커들도 태국 메콩강까지 밀림으로만 가는 것이 아니라 중간에 차를 탄담다. 차를 타지 않으면 중국 국경에서 총 1,200㎞를 밀림으로 가야 한담다."

정필은 고개를 끄떡였다.

"그러니까 라오스에서 우릴 돕는 사람이 있다면 한결 수월하겠군요."

"그렇갔죠."

정필은 문득 궁금증이 생겼다.

"옥단카, 그렇다면 아버지는 예전에 보이차를 팔러 태국까지 1,200㎞를 어떤 방법으로 오간 거지?"

"방조자(傍助者:돕는 사람)가 없어서리 내내 걸어서 밀림을 통과했담다. 옥단카는 12살 때부터 아버지를 따라서 태국까지 오갔담다."

"허어……."

정필은 탄성인지 신음인지 모를 소리를 하고는 장중환 목사에게 다시 전화했다.

1월 21일 오후 1시25분, 정필과 김길우, 옥단카는 중국과 베트남 국경을 넘어 밀림으로 들어섰다.

아니, 밀림은 중국에서부터 계속 이어져 있었다. 밀림에 들어와서 비로소 알게 된 사실이지만, 밀림에는 국경이 따로 없었다.

길은커녕 한 걸음 옮기기조차 어려운 우거진 밀림 속에 선을 긋고 국경이랍시고 군인들이 지킨다는 것 자체가 웃기는 일이다.

제아무리 천리 행군에 야간 행군, 온갖 강훈련으로 이골이 난 특전사 출신인 정필이라고 해도 이런 밀림에서는 도무지 답이 나오지 않았다.

키를 넘는 풀과 질긴 넝쿨들이 걸음을 붙잡는 것은 멍쯔시에서 구입한 정글도로 쳐서 자르며 느리게나마 전진하면 되지만, 너무 울창해서 도무지 어디가 어딘지 분간이 서지 않는 것은 감당이 되지 않았다.

수시로 컴퍼스 즉, 나침반을 보면서 남서쪽으로 전진을 하다가도 앞을 가로막는 나무와 풀, 넝쿨들을 피하고 잘라내다보면 곧 방향을 잃어서 다시 컴퍼스를 들여다보기를 골백번도 더 했다.

정필은 그래도 제 딴에는 허우대 멀쩡한 사내대장부에다 대한민국 특전사 출신이라서 자신이 뭘 해도 옥단카보다는 나을 것이라는 묘한 자부심 때문에 그녀 앞에서 정글도를 휘두르며 용감무쌍하게 전진을 했었다.

그렇지만 몇 걸음 가지 못해서 멈추고 주위를 두리번거리면서 컴퍼스로 방향을 확인하기 일쑤였다.

옥단카는 제대로 전진하지 못하는 정필이 앞장서는 것이 성가실 텐데도 한 마디 말없이 묵묵히 그리고 아주 느리게 뒤따랐다.

"옥단카."

결국 정필은 옥단카에게 선두를 내주었다. 자신이 선두에 섰다가는 하루에 10㎞도 못 갈 것 같았기 때문이다.

정필은 쓴웃음이 났다. 옥단카에게 선두를 맡기자 그녀는 거침없이 쑥쑥 앞으로 나갔다.

정필이 선두였을 때 앞을 가로막는 풀과 넝쿨들을 정글도로 일일이 쳐서 자르며 더디게 전진했던 것과는 달리 옥단카는 정글도를 거의 사용하지 않았다.

밀림 속에서는 다 거기가 거기 같은데 옥단카는 마치 잘 알고 있는 동네 골목길을 가듯이 거침없이 전진했다.

더구나 그녀의 앞길에는 가로막는 풀이나 넝쿨이 없어서 정글도를 사용할 일이 거의 없었다.

그녀의 말에 의하면 아버지 부루카와 자신만 알고 있는 길로 가고 있다는 것이다.

그렇지만 정필이나 김길우가 아무리 살펴봐도 그녀가 가고 있는 길이나 보통 밀림이나 아무런 차이가 없었다.

어쨌든 정필이 선두였을 때는 한 시간에 기껏 200m 남짓 전진하고서도 죽을 것처럼 기진맥진했었는데, 옥단카가 선두를 맡자 한 시간에 무려 3.5㎞씩 전진했으며 그다지 지치지도 않았다.

"이렇게 쉽게 빨리 갈 수 있는데 옥단카는 왜 보고만 있었다는 겁니까?"

하도 어이가 없어서 정필은 그렇게 물어볼 수밖에 없었다.

"준상(尊上)을 거스를 수 없기 때문이랍니다."

"준상이 뭡니까?"

"종이 주인을 부르는 성스러운 호칭이랍다. 저도 지금 처음 들어봤습다."

그러니까 말인즉 정필이 밀림을 아주 어렵게 그리고 더디게 전진하는데도 옥단카는 주인 존상의 뜻을 거스를 수 없어서 묵묵히 뒤따르기만 했다는 것이다.

그건 그렇고, 정필은 언제 기회를 봐서 자신과 옥단카의 주종 관계를 바로 잡아야겠다고 마음먹었다.

도대체 지금이 어떤 세상인데 옛날 봉건시대처럼 주종 관계라는 말인가. 옥단카는 어떨지 모르지만 정필로서는 부담스럽기 짝이 없다.

밀림이 어두워지기 시작하자 정필은 조바심이 났다. 밤이 되기 전에 방학수가 16명의 탈북자를 버린 장소에 도착할 거라고 믿었기 때문이다.

김길우를 통해서 옥단카에게 물으니까 앞으로 15㎞쯤 더 가야 그곳에 도착한다는 대답이 돌아왔다.

정필로서는 옥단카를 탓할 수 없는 일이다. 그가 선두를 서겠다고 시간을 허비하지 않았다면 이미 그 장소에 도착했을 것이기 때문이다.

그때 옥단카가 전진을 멈췄다. 그녀의 말에 의하면, 지금부터 오늘 밤을 보낼 비박(Bivouac:야영) 장소를 찾고 또 잠자리를 마련해야 한다는 것이다.

"계속 가면 안 될까?"

정필의 말에 옥단카는 고개를 숙여 보이고는 다시 앞으로 전진했다.

저녁 7시 35분. 밀림 속은 코끝조차 보이지 않을 정도로 칠흑처럼 캄캄했다.

아까 6시에 옥단카가 야영을 하자고 했었는데, 그때부터 지금까지 1시간 35분 동안 1㎞밖에 오지 못했다.

옥단카는 낮이나 밤이나 상관없이 쑥쑥 잘 가고 있지만 정필과 김길우가 도저히 따라가지 못했다.

워낙 캄캄해서 전방이나 발밑에 뭐가 있는지 도무지 알 수가 없는 탓에 부딪치고 넘어지기 일쑤라서 아까 낮에 시간당 3.5㎞씩 전진했던 것에 비하면 아예 기어서 온 것이나 다름이 없다.

더구나 밀림이 난생처음인 김길우는 걸핏하면 부딪치고 넘어지는 바람에 비록 가벼운 것이지만 온몸이 상처투성이가 됐다.

그리고 두 번째로 가고 있는 정필이 옥단카의 빠른 속도를 뒤쫓느라 부지런히 가다가 뒤돌아보면 김길우가 보이지 않는 경우가 많았다.

왔던 길을 되돌아서 뛰어가 보면 김길우가 주저앉아 있거나 헐떡거리면서 오고 있었다.

그래서 정필은 이런 밀림이나 험난한 곳에서는 김길우보다는 다혜가 훨씬 나을 것이라는 생각이 들었다.

"이래서는 안 되겠습니다. 이 근처에서 비박합시다."

정필의 말에 저만치 앞서가던 옥단카가 멈추더니 왔던 길을 돌아왔다.

정필은 아까 그녀의 말을 듣고 그곳에서 비박을 할 걸 잘못했다고 후회하는 중이다.

세상에는 어딜 가든, 그리고 무슨 일을 하든 전문가들이 있게 마련이다.

그 사람들이 괜히 전문가라는 소리를 듣는 게 아니다. 그쪽으로 빠삭하니까 그런 것이다.

그 말인 즉, 전문가의 말을 잘 들어야 손해를 보지 않는다는 뜻이다.

그런데 아무것도 보이지 않는 캄캄한 어둠 속에서 갑자기 정필의 2m 앞에서 옥단카의 목소리가 들렸다.

"우리 둘 다 움직이지 말람다."

그 말을 통역하는 김길우의 목소리가 가늘게 떨렸다.

쉬잉!

정필은 자신의 얼굴 앞으로 서늘한 바람이 스쳐 지나는 것을 느꼈고 그 다음에는 머리 위쪽 나무에서 둔탁한 소리가 났다.

탁!

그러고는 옥단카가 정필 앞에 내려서는 소리가 났으며, 그 직후에 정필의 발 앞에 뭔가 떨어졌다.

툭!

옥단카가 플래시를 켜서 땅을 비추는 순간 정필은 흠칫 놀라 부지중 한 걸음 뒤로 물러섰다.

땅에는 몸통이 잘라진 굵직한 뱀 그것도 코브라가 미친 듯이 몸부림을 치고 있었다.

"아니… 저거이 뱀 아임까?"

"코브라입니다."

김길우가 놀라서 경기를 하듯 떨리는 목소리로 묻자 정필이 굳은 얼굴로 중얼거렸다.

"저놈한테 물리면 이런 밀림 속에서는 손쓸 방법 없이 죽고 말 겁니다."

"아이고야……"

정필은 자신의 머리 위 나뭇가지에 코브라가 있을 줄은 꿈에도 몰랐었다.

만약 옥단카가 발견하여 죽이지 않았다면, 아니, 정필이 그녀를 불러 세우지 않았더라면 정필이나 김길우가 코브라에게 물렸을지도 모르는 일이다.

정필은 1m 앞도 흐릿하게 겨우 보이는데 옥단카는 나무 위의 코브라를 어떻게 발견하고 점프를 해서 정글도로 반도막을 냈는지 신기할 따름이다.

"터터우, 조금 더 가면 야영하기 좋은 곳이 나온담다."

김길우가 아무 일 없었다는 듯이 앞서 걸어가고 있는 옥단카의 말을 통역했다.

30분쯤 더 가서 옥단카가 멈춘 곳은 우거진 밀림 속의 가파르게 급류를 이루어 흐르는 시냇물 옆의 커다란 바위들이 널려 있는 장소다.

정필과 김길우가 시냇물로 목을 축이고 세수를 하고 있는 동안 옥단카는 잠잘 곳을 꾸몄다.

몇 개의 긴 나뭇가지를 갖고 와서 커다랗고 야트막한 바위들 위에 얼기설기 가로지르고는 그 위에 넓은 잎들을 덮어서 지붕을 만들었다.

그러고는 역시 넓은 잎들을 가져와서 바닥에 켜켜이 깔아서 푹신하게 만들고는 배낭에서 얇은 담요를 꺼내 깔았다.

시냇물에서 씻고 돌아온 김길우가 잠자리를 보고 탄성을 터뜨렸다.

"야아… 이거이 호텔 같슴다."

김길우의 말은 과장이지만 그 정도로 옥단카는 잠자리를 잘 만들었다.

옥단카는 주변을 둘러보러 가고 정필과 김길우는 담배를 한 대씩 피우고는 담요를 덮고 잠자리에 나란히 누웠다.

"이거이 참말로 푹신함다. 두꺼운 이불에 누운 것 같슴다…… 아야야……"

김길우는 좌우로 몸을 굴리면서 수선을 피우다가 뾰족한 돌에 옆구리를 찔리고서야 구르는 것을 멈추었다.

정필과 김길우가 나란히 눕자 자리가 꽉 찼다. 두 사람 옆에는 단단한 바위가 벽처럼 세워져 있었다.

정필이 눈을 감고 잠을 청하는데 잠시 후 발끝 쪽에서 인기척이 나서 눈을 뜨니 옥단카가 살며시 그의 발치에 무릎을 꿇고 앉았다.

정필이 누운 채 왼팔을 뻗자 옥단카는 조심스럽게 다가와서 그의 왼쪽에 어깨를 베고 그를 향해 옆으로 누웠다.

어젯밤, 부루카의 집 침상에서도 정필이 옥단카를 침상에 올라오게 해서 밤새 이런 자세로 잤었다.

물론 두 사람은 아무 일도 없었고 정필은 흡사 조금 큰 고양이를 안고 자는 느낌이었다. 옥단카는 밤새 그 자세로 꼼짝도 하지 않았다.

정필은 누군가 자신의 어깨를 가만히 흔드는 느낌을 받고 번쩍 눈을 떴다.

그는 자기 옆에 쪼그리고 앉은 옥단카가 손가락을 세워서 입에 대며 조용하라는 신호를 보내는 것과 따라오라는 손짓을 하고 어디론가 재빨리 달려가다가 곧 어둠 속으로 사라지는 것을 잠이 덜 깬 얼굴로 멍하니 바라보았다.

그러다가 정신을 차리고 벌떡 일어나 그녀가 사라진 방향으로 뛰어갔다.

하지만 조금 달리다가 멈추었다. 옥단카가 어디로 갔는지 알 수가 없기 때문이다.

그가 두리번거리고 있을 때 어둠 속에서 갑자기 옥단카가 불쑥 나타나더니 그의 손을 잡고 달리기 시작했다.

그는 한 치 앞조차 제대로 보이지 않는데 옥단카는 거침없이 이리저리 잘도 달렸다. 나무에 부딪치지도, 돌에 걸려서 넘어지지도 않았다.

옥단카의 손이 워낙 작아서 정필은 마치 어린아이 손을 잡은 것 같은 기분이 들었다.

옥단카는 정필이 자고 있던 곳으로부터 구불구불 50m쯤 가더니 달리는 것을 멈추고는 전방을 잔뜩 경계하면서 아주 천천히 걸었다.

정필은 나뭇잎 사이로 뭔가 반짝이는 것을 보고 그것이 불빛일 거라고 생각했다.

옥단카가 걸음을 멈춘 곳은 전방에 아래로 움푹 꺼진 커다란 웅덩이 안에 있는 작은 공터 같은 장소였다.

지면에서 1.5m쯤 아래로 푹 꺼진 웅덩이의 지름이 10m쯤 되는 공터 한가운데에 작은 모닥불이 거의 숯만 남아서 발갛게 타고 있으며 그 주위에 5명이 웅크리고 누워서 자고 있었다.

정필은 그들을 발견한 순간 탈북자들일 것이라고 직감했다. 아마도 태국 메콩강으로 가다가 이곳에서 밤을 보내고 있는 것이다.

정필이 공터로 뛰어내리려는데 옥단카가 잡고 있는 그의 손을 살짝 당기며 제지했다.

그리고 그때 모닥불에서 약간 떨어진 곳에서 누군가의 말소리가 들렸다.

"이런 썅, 가만히 못 있겠니?"

"아아… 어째 이럼까……. 고만 하기요……."

남자가 윽박지르고 어린 여자아이가 애원하는 목소리다.

목소리가 들려온 곳은 모닥불에서 5m쯤 떨어진 구석 쪽이었다. 그곳에 바지를 벗은 한 사내가 허연 궁둥이를 깐 채 엎드려 있는 모습이 모닥불 불빛에 어렴풋이 보였다.

정필이 시력을 집중하여 자세히 보니까 사내 아래에 누군가

깔려 있는데 사내의 상체에 가려서 보이지 않았다.

아마도 애원하고 있는 어린 여자아이가 사내 밑에 깔려 있는 것 같았다.

여자아이는 아랫도리가 벗겨져서 바지와 팬티가 한쪽 종아리에 걸려 있으며, 사내가 여자아이의 다리를 벌리려 하고 여자아이는 기를 쓰고 다리를 오므리려고 실랑이를 하는 중이었다.

"너 내말 앙이 들으면 너희 모두 여기에 내버려 두고 그냥 가버릴 거다. 내말 알아듣겠니?"

"아아……."

"내가 안내 앙이 해주면 너희 모두 어케 될 것 같니? 태국에 갈 수 있을 것 같니?"

대화를 들어보니까 사내는 태국 메콩강까지 안내하는 브로커이고 여자아이는 탈북자 중에 한 명인 것 같았다.

또한 정필이 자세히 살펴보니까 모닥불 주위의 탈북자는 모두 여자인데 미미하게 꿈틀거리는 것으로 봐서 자고 있는 것 같지 않았다.

바로 지척에서 강간이 일어나고 있는데 탈북녀들이 그걸 모른 채 자고 있을 리가 없다.

하지만 브로커가 말한 것처럼 그가 가버리면 탈북녀들은 절대로 태국까지 가지 못할 것이고 밀림을 헤매다가 죽을 수도 있다.

그런 상황이 현실이 될까 봐 어린 소녀가 강간을 당하는데도 아무도 나서지 못하고 있는 것이다.

"가만히 있어라이. 이번에도 반항하면 내래 참말로 가버린다이. 알아듣겠니?"

"……"

브로커는 으르딱딱거리며 협박을 하고 나서 여자아이의 뽀얗고 연약한 다리를 활짝 벌리는데 이번에는 여자아이가 가만히 있었다.

"이 쌍… 구녕이 어드메 있는 거이야?"

그러나 브로커는 이번에는 또 다른 문제에 직면하여 욕을 내뱉었다.

아마도 자신의 성기에 비해서 여자아이의 음부가 너무 작은 것 같았다.

바로 그때 정필이 위에서 아래로 뛰어내렸다.

쿵!

묵직한 소리에 브로커가 놀라서 뒤돌아보다가 5m 거리에 우뚝 서 있는 정필과 옥단카를 발견하고 깜짝 놀랐다.

"뭐, 뭐이야?"

"그 아이를 놔줘라."

정필은 브로커가 상체를 일으키자 비로소 드러난 15~16살 정도의 어린 여자아이를 손으로 가리켰다.

브로커가 사나운 표정을 지으면서 정필 쪽으로 돌아앉는데 사타구니에 단단해진 성기가 흔들거렸다.

"너래 뭐 하는 새끼야?"

슥―

정필은 안주머니에서 cz―75를 꺼냈다.

"그 아이 놔주지 않으면 쏴버리겠다."

그런데 정필이 cz―75를 꺼내서 겨누는 사이에 브로커가 재빨리 한 팔로 여자아이의 목을 감고 다른 손에 쥐고 있는 칼을 그녀의 목에 갖다 댔다.

"그 총 앙이 버리면 이년의 목을 잘라 버린다이."

"개새끼……."

정필은 얼굴을 보기 싫게 일그러뜨렸다. 브로커의 미간 같은 급소에 정확하게 총알을 한 방 먹이면 즉사할 것이기 때문에 여자아이에게 해코지를 못 하겠지만, 너무 어두워서 미간을 맞출 자신이 서지 않았다. 섣불리 총을 쐈다가 여자아이가 죽을 수도 있는 상황이다.

"너 이 새끼야, 총 앙이 버리겠니?"

브로커가 정필을 협박했다. 정필은 여자아이를 구하려다가 외려 궁지에 몰렸다.

모닥불 주위에서 자는 척하던 탈북녀들도 난데없는 소란에 모두 일어나 앉아서 이 상황을 지켜보고 있다.

"총 앙이 버리면 이년 죽여… 끅!"

브로커는 재차 정필을 협박하다가 갑자기 답답한 신음 소리를 내더니 상체가 스르르 뒤로 쓰러지면서 여자아이 목에 대고 있던 칼이 땅에 떨어졌다.

놀란 정필이 재빨리 다가가서 살펴보니까 브로커의 눈썹과 눈썹 사이 미간에 은빛 젓가락 같은 물체가 깊숙이 꽂혀 있었다.

정필은 그 물체가 평소에 옥단카의 틀어 올린 머리에 머리핀처럼 꽂혀 있었던 것을 기억해 냈다. 그녀는 그것을 6개나 머리에 꽂고 다닌다.

브로커는 눈을 허옇게 까뒤집고 몸을 부들부들 떨다가 정필이 지켜보는 동안 숨이 끊어져서 축 늘어졌다.

"아아……."

일어나 앉은 여자아이는 브로커가 죽은 모습을 보면서 공포에 질려 몸을 바들바들 떨었다.

"안 보면 괜찮다."

정필이 여자아이의 머리에 손을 얹어 다른 쪽을 보도록 얼굴을 돌려주었다.

여자아이는 정필을 올려다보더니 그의 온화하게 미소 짓는 얼굴을 보고는 와앙! 하고 울음을 터뜨리며 앉은 채 두 팔로 그의 다리를 붙잡으며 안겼다.

정필이 여자아이의 머리를 쓰다듬고 있을 때 옥단카가 다가와서 브로커의 미간에 꽂힌 은빛 젓가락을 뽑자 피가 푹! 하고 뿜어졌다.

옥단카는 은빛 젓가락에 묻은 피를 브로커의 옷에 슥슥 닦고는 다시 자신의 머리에 꽂았다.

그럴 때 정필이 얼핏 보니까 그건 젓가락이라기보다는 하나의 무기 같았다.

길이가 15㎝쯤에 끝이 바늘처럼 가늘고 뾰족했으며 뒤쪽으로 갈수록 굵었다.

옥단카는 평소에는 그걸 머리핀처럼 머리에 꽂고 있다가 유사시에 암기로 사용하는 것 같았다. 정필은 설마 그것이 사람을 즉사시킬 정도로 강력한 무기가 될 줄은 상상도 못했었다.

정필은 여자아이를 떼어내고 그 앞에 한쪽 무릎을 꿇고 앉아 그녀의 발목에 걸려 있는 팬티와 바지를 잡았다.

"옷 입자."

여자아이는 정필의 어깨를 짚고 일어나서 그가 옷을 잘 입힐 수 있도록 해주었다. 이 순간의 두 사람은 마치 아빠하고 딸처럼 보였다.

"어흐흑! 인정아……."

"언니야······."

그때 모닥불 근처에 있던 여자 한 명이 정필 쪽으로 다가오면서 울음을 터뜨리자 정필을 붙잡고 있던 여자아이가 그녀를 보고 마주 울었다.

"으흑흑······. 언니가 잘못했다이······."

20살쯤 돼 보이는 여자는 동생이 강간을 당하는데도 무서워서 보고만 있었던 자신을 자책하면서 울었다.

여자아이 인정이는 자기가 강간을 당하고 있는데도 도와주지 않은 언니가 원망스러운지 눈물을 흘리면서 정필에게 안겨 언니를 바라보기만 했다.

옷을 다 입힌 정필이 일어나서 인정이의 머리를 부드럽게 쓰다듬었다.

"이름이 인정이니?"

"네, 서인정임다."

인정은 훌쩍이며 대답하면서도 두 팔로 정필의 허리를 꼭 안고 있었다.

정필은 팔을 뻗어 언니의 어깨에 손을 얹었다.

"이름이 뭐니?"

"서인지임다."

정필은 인지를 가까이 끌어당겨 자매를 마주 보게 했다.

"둘이 대한민국에 가는 거니?"

"네."

"부모님은?"

"북조선에서 아사했슴다."

자매는 굶어 죽은 부모 생각을 했는지 갑자기 서럽게 울기 시작했다.

"이제 세상에 너희 둘뿐인데 서로 의지해야지."

정필은 키가 어깨에도 미치지 않는 자매의 머리를 쓰다듬으며 말을 이었다.

"아까 같은 상황에서는 언니가 아니라 어느 누구라도 무서워서 쉽게 나서지 못했을 거야. 누군가 나서면 저놈이 가만히 있었겠니?"

"으흑흑……. 인정아… 언니가 잘못했다이……."

"언니야……."

정필의 말에 마음이 많이 풀린 인정이는 언니 인지를 끌어안고 울음을 터뜨렸다.

정필이 탈북녀들과 같이 있는 동안 옥단카가 김길우를 깨워서 데리고 왔다.

정필은 다 꺼져가는 모닥불 주위에 탈북녀들과 앉아서 이런저런 얘기를 하고 있는 중이다.

그런데 나중에 보니까 탈북녀 6명에 대여섯 살쯤 된 남자아이가 하나 끼어 있었다.

"몇 살이니?"

정필이 남자아이의 머리를 쓰다듬으면서 묻자 엄마로 보이는 여자가 대답했다.

"5살임다. 철민아, 선생님께 인사 앙이 드리고 뭐 하니?"

남자아이가 부끄러워하면서 꾸벅 인사하는 걸 보고 정필이 지나가는 말로 물었다.

"철민이 성이 뭡니까?"

연길 집에 있는 소영의 잃어버린 아들 이름이 철민이라고 들은 기억이 난 것이다.

"한 씨, 한철민임다. 저는 애 친엄마가 앙이고 큰엄마임다. 야가 우리 큰딸이고 철민이는 조카임다. 남편의 동생이 보위부에서 매 맞아 죽어서리 우리가 맡았습다."

정필이 플래시를 켜고 철민의 왼쪽 귀밑을 비췄더니 귀밑 목에 손톱만 한 크기의 점이 있었다.

소영은 자기 아들의 눈에 띄는 특징으로 왼쪽 귀밑에 손톱 크기의 거북이점이 있다고 말했었다.

"철민이 친엄마의 이름이 도소영 씨 아닙니까?"

"옴마야……! 선생님께서 어째 동서를 다 알고 계심까?"

철민이 큰엄마가 기절할 것처럼 자지러졌다.

정말이지 세상은 넓고도 좁았다.

소영이가 그토록 가슴 시리도록 그리워하던 아들 철민이를 베트남 밀림 속에서 만날 줄은 정필로서는 상상도 못 했었다.

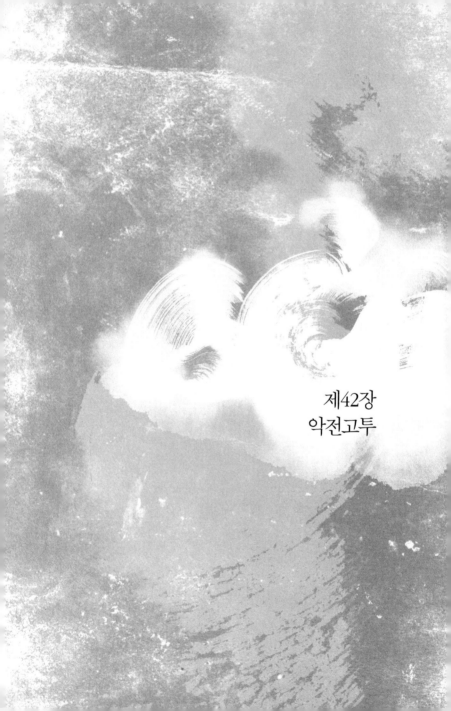

제42장
악전고투

　옥단카가 브로커를 죽였기 때문에 어린 철민이를 비롯한 탈북자 7명은 정필 일행과 함께 태국 국경 메콩강까지 가기로 했다.

　정필의 생각으로는 그런 악덕 브로커라면 탈북자들을 태국까지 제대로 안내해 주지 않고 중도에 내버리고 도망칠 가능성이 컸다.

　설사 만에 하나 태국까지 안내를 해준다고 해도 그동안 어리거나 젊은 탈북녀들을 가만 놔두지 않을 터이다. 그런 브로커는 차라리 없는 게 낫다. 하지만 탈북자 입장에서 브로커를

고를 수가 없다는 것이 문제다.

옥단카의 말에 의하면 죽은 브로커는 밀림 전문가가 아니라고 한다.

밀림 전문가는 밀림에서 모닥불을 피우는 어수룩한 행동은 절대로 하지 않는다.

불빛은 멀리에서도 보이고, 연기는 수십 ㎞ 밖에서도 맡을 수가 있으며, 아무리 꼼꼼하게 없앤다고 해도 흔적을 남기게 되는 것이다.

정필은 죽은 브로커를 우거진 숲 속에 던진 후에 철민이를 업고 서둘러서 그곳을 출발했다.

아직 한밤중이지만 불빛을 보고 베트남 국경 수비대가 찾아올 수도 있기 때문이다.

정필 일행은 그곳에서 3㎞쯤 떨어진 곳에서 밤을 보내고 아침에 동이 트자마자 다시 출발했다.

"이쯤일 거람다."

다음 날 오전 10시쯤에 옥단카가 전진을 멈췄다.

"방학수는 반드시 이 길로 왔을 거이고 저 앞쪽이 베트남하고 라오스 국경이기 때문에 이쯤에서 탈북자들을 내버리고 돌아왔을 거람다."

김길우가 옥단카의 말을 통역하면서 주변을 둘러보았다.

정필이 밀림에 들어와서 두 번째로 만난 시냇물 주변을 둘러보았다.

그가 보기에도 시냇가의 자갈밭에는 사람들이 머물렀던 흔적이 드문드문 눈에 띄었다.

정필은 방학수가 탈북자 16명을 버린 장소를 옥단카가 무슨 방법으로 정확하게 찾아낼 수 있었는지 궁금했지만 방학수가 이곳에서 16명의 탈북자를 버렸다는 사실에 대해서는 의심을 하지 않았다.

옥단카가 지금껏 보여준 놀라운 능력만 보더라도 그녀의 말을 100% 믿을 수 있었다.

"준상."

그때 옥단카가 정필을 부르며 한쪽 방향을 가리켰다.

철민을 업은 정필과 김길우가 옥단카에게 바삐 다가가고 탈북녀 6명이 뒤따랐다.

"여러 명이 이쪽으로 갔는데 원래 라오스 국경으로 가는 길이 아니람다."

옥단카의 말이 맞는다면 방학수에게 버려진 16명은 처음부터 길을 잘못 들었다는 얘기다.

베트남 라오스 국경으로 가야 하는데 버려지자마자 다른 길로 접어든 것이다.

정필은 옥단카를 따라가기 전에 뒤돌아서 6명의 탈북녀에게 양해를 구했다.

"여러분, 실종된 사람들을 찾아야 하기 때문에 갈 길이 늦어질 수 있습니다."

탈북녀들은 손을 내저으며 입을 모았다.

"우린 일 없슴다."

"우리는 어카든지 태국에만 가면 됨다."

여기까지 오는 동안 실종된 16명의 탈북자에 대해서 김길우에게 설명을 들은 6명의 탈북녀는 자신들의 일정이 조금 늦어지더라도 꼭 실종자들을 찾아서 함께 가기를 간절하게 원했다.

이들 철민이와 6명의 탈북녀는 길림성 장춘에서 선교 활동을 하고 있는 대한민국 목사의 도움으로 그동안 아파트에서 잘 먹고 잘 지내면서 생활을 해오다가 4일 전에 장춘을 출발하여 여기까지 오게 되었다고 한다.

그녀들의 말을 듣고 정필은 연길 장중환 목사 말고 또 다른 대한민국 목사가 장춘에서 탈북자들을 돕고 있다는 새로운 소식을 알게 되었다.

그런 식으로 목사든, 뭐든 탈북자들을 돕는 사람들이 점점 더 많아졌으면 하는 것이 정필의 바람이다.

"저기 말임다. 선생님 혹시 미카엘 님 아임까?"

그때 뒤따르던 젊은 여자가 조심스럽게 물었다.

정필이 뭐라고 하기도 전에 김길우가 뒤돌아보면서 그 여자에게 반문했다.

"이보시오. 그런 말은 어디에서 들었소?"

여자는 눈을 반짝이면서 정필의 뒷모습에 시선을 고정시키고 외우고 있었던 것처럼 설명했다.

"우리 목사님이 말씀하셨습다. 미카엘 님이 두만강 일대에서 탈북하는 북조선 사람들을 돕기도 하고 위험에 처한 탈북자들을 구하기도 하는데 미카엘 님이 구한 북조선 사람이 벌써 수백 명도 넘는다고 말입다. 중국 땅에서 북조선 사람을 괴롭히는 악마들은 미카엘 님의 이름만 들어도 무서워서리 벌벌 떤다는 거입다. 또 목사님이 말씀하기시를, 미카엘 님이 아조 잘생긴 미남이라고 그러셨습다."

"혹시 사람들이 미카엘 님을 또 뭐이라고 부르는지 알고 있는 거이요?"

"알고 있습다. 헤이티엔시라고 부르지 않습까? 고거이 흑천사라는 뜻이랍다."

김길우는 의기양양해서 껄껄 웃었다.

"하하하! 우리 헤이티엔시께서 정말 동에 번쩍, 서에 번쩍하시면서리 죽을 고비에 처한 북조선 에미나이들 참말로 많이 구했습다."

"길면 저분이 참말 미카엘 님이 맞습까?"

"고롬요. 틀림없소."

여자들은 뒤따르면서 미카엘과 헤이티엔시에 대해서 입에 침이 마르도록 칭찬을 했다.

정필은 뒤에서 여자들이 서로 왁자하게 떠들면서 자신에 대해서 칭찬을 하니까 뒤통수가 뜨거워서 견디기가 어려울 지경이다.

그런데 앞선 옥단카가 갑자기 걸음을 멈추더니 뒤돌아서 조용하라는 손짓을 했다.

모두들 긴장해서 망부석처럼 그 자리에 우두커니 서 있는 데 옥단카는 앞쪽을 주시하면서 귀를 쫑긋거리다가 뒤쪽을 향해 자세를 낮추라는 손짓을 하더니 자신은 그 자리에 납작 하게 엎드렸다.

정필은 철민이를 품에 안고 풀이 우거진 바닥에 몸을 내던 졌고, 김길우와 여자들도 그 즉시 바닥에 엎드리면서 숨소리 도 내지 않았다.

정필 일행이 있는 곳은 수풀이 우거졌기 때문에 바닥에 엎 드리면 아무것도 보이지 않는다.

그렇게 3분 정도 흘렀을까. 정필 일행이 엎드려 있는 전방 왼쪽에서 여러 명의 어지러운 발자국 소리와 남자들의 목소 리가 작게 들리기 시작하는 것 같더니 점점 커지면서 가까워 졌다.

정필이 들어보니까 남자들의 코맹맹이 소리는 베트남어인 것 같았다.

이윽고 남자들의 발자국 소리와 대화하는 목소리가 최고조에 이르렀다.

정필이 들었을 때 불과 5m 전방에서 남자들이 왼쪽에서 오른쪽으로 지나가고 있었다. 그 정도 가까운 거리면 남자들이 몇 걸음만 이쪽으로 걸어오면 정필 일행을 즉각 발견할 수 있을 것이다.

저벅저벅…….

남자들의 발자국 소리를 듣고 있자니까 풀밭이 아니라 맨땅을 딛고 있으며 군화를 신은 것 같다. 그렇다면 그들은 베트남 국경을 순찰하는 군인이고 저 앞쪽에는 길이 있는 것이 분명하다.

대화하는 목소리로 미루어 보아 3명 정도인 것 같은데, 말을 하지 않는 자도 있을 것이라고 감안한다면 4~5명일 것이다.

여기에서 발각되면 끝장이다. 정필 혼자서 4~5명의 베트남 정규군을 상대하는 것은 벅차다. 혼자라면 이리 뛰고 저리 뛰면서 게릴라전을 펼칠 수 있지만 맥을 못 추는 여자가 6명이나 된다.

그런데 그때 정필 품에 안겨 있는 철민이가 꼼지락거리면서 옹알이를 하듯이 신음 소리를 냈다.

움찔 놀란 정필이 급히 손으로 철민의 입을 막고 베트남 군인들의 반응에 촉각을 곤두세웠다.

정필과 가까이에 있는 김길우와 옥단카, 뒤쪽 두세 명의 탈북녀들도 철민이의 옹알대는 소리를 들었기에 바짝 긴장해서 숨까지 멈췄다.

입이 막히자 철민이가 숨이 막혀서 고통스러운지 눈을 커다랗게 뜨고 팔다리를 버둥거리자 정필이 온몸으로 철민이를 찍어 누르고 전방을 쳐다보았다.

다행히 베트남 군인들은 계속 웃고 대화하면서 오른쪽으로 점점 멀어져 갔다.

그렇지만 정필은 아직 철민의 입을 막은 손을 놔줄 수가 없다. 손을 풀면 철민이가 틀림없이 울음을 터뜨릴 것이기 때문이다. 지금처럼 조용할 때에 철민의 울음소리는 수 ㎞ 밖까지 들릴 것이다.

그런데 갑자기 철민의 눈동자가 눈 위쪽으로 사라지면서 몸을 푸들푸들 떨고 있다.

정필은 급히 철민의 입에서 손을 뗐다. 철민이 악을 쓰면서 운다고 해도 어쩔 수가 없다. 이대로 아이를 죽일 수는 없기 때문이다.

그런데 정필이 손을 뗐으나 철민은 악을 쓰고 울기는커녕 잔 경련을 일으키면서 눈을 허옇게 뜨고 입에서 침을 질질 흘리고 있다.

정필 주위로 사람들이 모여들고, 철민의 모습을 본 큰엄마와 사촌 누나가 자지러졌다.

"아이고… 철민아이……. 이를 으쩌나……. 어카면 좋나……."

철민이가 어째서 이 지경이 됐는지, 왜 입을 막을 수밖에 없었는지 알기 때문에 정필을 원망하는 사람은 없지만 어린 철민의 죽어가는 모습에 다들 패닉 상태가 됐다.

정필은 철민을 안으려고 하는 큰엄마를 밀치고 철민에게 인공호흡을 시작했다.

어린아이에게 인공호흡을 할 경우, 코를 잡지 않고 어른이 입으로 코와 입을 동시에 덮어 약한 숨을 불어넣어 주어야 한다.

또한 한 손을 이마에 살짝 얹고 다른 손으로 턱을 약간 치켜 올려서 기도를 확보한다.

"후우우……. 후우우……."

여기에 있는 사람들은 인공호흡 하는 것을 처음 보지만 정필이 철민을 살리려 한다는 것을 짐작하고 긴장된 표정으로 지켜보았다.

정필은 입을 떼고 철민의 가슴을 쳐다보았다. 가슴이 오르내려야지만 제 힘으로 숨을 쉴 수가 있을 텐데 아직 철민의 작은 가슴은 꼼짝도 하지 않는다.

"후우우……. 후우우……."

정필은 다시 철민에게 인공호흡을 하면서 조금 전 같은 상황에서 손으로 철민의 입을 막는 것 말고는 달리 방법이 없었는지 생각해 보았다.

그렇게 얼마나 시간이 흘렀을까. 정필은 반응이 없는 철민에게 계속 인공호흡을 하면서 피가 말랐다.

탈북자들을 괴롭히고 피를 빨아먹는 조선족이나 중국인들을 응징하고 죽이는 것은 죄의 대가를 치르게 하는 것이지만, 만약 철민이 이대로 죽는다면 정필은 정말 살인자가 되고 만다. 철모르는 어린아이를 죽인 살인자 말이다.

'제발… 철민아…….'

정필은 철민이 소생하지 못한다면 앞으로는 아무것도 할 수 없을 것 같았다.

"아아… 철민이가 움직임다!"

"철민이 숨 쉼다!"

그때 철민의 큰엄마와 사촌 누나를 비롯한 여자들이 기쁨의 탄성을 터뜨렸다.

정필은 급히 입을 떼고 철민을 살펴보았다. 철민의 가슴이 가쁘게 오르내렸으며 손가락이 인형처럼 꼬물거렸다.

"으흐흑! 철민이 살아났슴다!"

여자들은 서로 부둥켜안고 기뻐서 어쩔 줄 몰랐다.

정필은 여자들이 소리를 지르고 엉엉 울음을 터뜨렸지만
이 순간만큼은 베트남 군인들이 들을까 봐 걱정하지 않았다.
정필도 눈에 물기가 보얗게 서렸다.

이윽고 철민이 자기 입으로 숨을 쉬더니 잠시 후에 눈을 깜
빡거리며 떴다.

"아저씨……."

"철민아."

정필이 팔을 뻗어 안으려고 하자 철민이 움찔하며 피했다.

"또 입 막으려고……."

"이제 절대로 그러지 않으마."

정필은 철민을 품속에 포근하게 안았다.

옥단카는 정필 일행을 갈수록 점점 더 험악한 산악 지대로
안내했다.

그녀는 방학수가 버린 16명의 탈북자가 남긴 흔적을 뒤쫓고
있는 중이다.

여전히 울창한 밀림인데 산세가 워낙 험하고 가팔라서 자
칫 미끄러지기라도 하면 수십m 아래로 굴러서 크게 다칠 것
같았다.

"길우 씨, 여자들과 함께 적당한 곳에서 쉬면서 우릴 기다
리는 게 좋겠습니다."

"터터우……."

"점점 더 험해지고 있는데 이대로 더 가다가는 사고가 날 것 같습니다."

"알갔슴다."

마침 괜찮은 장소가 있어서 정필은 그곳에서 김길우와 여자들, 철민이 쉬도록 했다.

"절대로 다른 데로 가지 마십시오."

"알갔슴다."

정필은 김길우를 따로 불러서 당부했다.

"만약 어두워질 때까지 우리가 돌아오지 않으면 그냥 이곳에서 밤을 보내도록 하세요."

김길우가 놀라는 표정을 지었다.

"어두워질 때까지 돌아오시지 않을 겁까?"

"늦을 수도 있다는 겁니다."

"알갔슴다."

김길우의 얼굴이 어두워지면서 한 마디 덧붙이는 것을 잊지 않았다.

"여긴 걱정 마시고 몸조심하시라요."

*   *   *

"옥단카."

거긴 거의 깎아지른 수직 절벽이나 다름이 없었다. 그곳 절벽의 중간쯤에 폭이 30㎝밖에 안 되는 구불구불한 길을 앞서 가고 있는 옥단카를 정필이 불렀다.

그나마 조금 위로가 되는 것은 좁은 길 위아래로 수풀이 우거져 있어서 미끄러지거나 추락할 위급한 상황에는 잡을 것이 있다는 사실이다.

하지만 나무는 키 작은 잡목들이라서 위급한 상황에 나무를 잡거나 몸이 거기에 걸렸을 경우에 과연 체중을 지탱해 줄 수 있을지 의문이다.

정필은 허리에 둘둘 말아서 차고 있던 로프를 꺼내 가까이 다가온 옥단카의 허리에 묶었다. 로프의 반대쪽 끝은 그의 허리에 연결되어 있다.

순전히 옥단카가 걱정이 돼서 로프를 연결한 것이지 정필 자신이 추락했을 때 작은 체구의 옥단카가 거의 두 배 가까이 체중이 나가는 정필을 지탱할 수 있을 것이라는 생각은 하지 않았다.

김길우가 없기 때문에 정필과 옥단카는 거의 말이 통하지 않는 상황이다.

정필은 그동안 틈틈이 중국어를 익혔지만 옥단카하고 의사

소통을 할 수 있을 정도는 아니다.

옥단카는 정필의 다섯 걸음 앞에서 묵묵히 걸어가고 있다.

정필이 컴퍼스를 확인했을 때 자신들이 가고 있는 방향은 북서쪽이었다.

두 사람은 이미 라오스 국경 안으로 들어선 상황이다. 지도를 보니까 이 방향으로 계속 가면 라오스 최동북단을 가로질러 다시 중국으로 빠져나가게 된다.

그렇게 되면 아마도 중국 최서남단인 운남성 상용현(常勇縣)이라는 곳이 나올 것 같다.

지도상으로는 그곳에서 정필이 출발했던 홍하현까지는 직선거리로 350㎞ 정도다.

16명의 탈북자가 중국을 떠나 태국으로 출발했지만 다시 중국으로 되돌아가고 있다는 얘기인데, 아마도 그들은 그 사실을 모르고 있는 것 같다.

하지만 그보다 더 큰 문제는 그들이 아직까지 별 탈 없이 무사할까 하는 것이다.

"준상."

그때 앞서 가던 옥단카가 걸음을 멈추고 가파른 비탈, 아니, 차라리 절벽이라고 해야 마땅할 저 아래를 가리키면서 정필을 불렀다.

옥단카는 정필이 알아듣지도 못할 중국말 같은 건 쓸데없이 하지도 않았다. 그저 절벽 아래 한곳을 가리키며 가만히 있었다.

절벽 밑에는 강이 굽이쳐 흐르고 있었다. 정필이 있는 곳에서 절벽 아래까지는 최소 100m는 될 것 같았다. 그런데 수풀과 잡목이 우거진 탓에 옥단카가 무얼 가리키는지 도통 보이지 않았다.

슥—

정필은 옥단카 옆에 바싹 붙어서 허리를 굽히고 뺨을 맞댔다. 그녀가 보는 각도에서 보려는 것이다.

"저거……."

보였다. 옥단카가 보는 각도 즉, 수풀과 나뭇가지 사이로 절벽 아래에 어떤 사람이 쓰러져 있는 모습이 정필의 시야 속으로 들어왔다.

이 정도로 어렵게 보이는데 신체적으로 정필보다 열등한 옥단카가 어떻게 발견했는지 놀랄 일이다.

정필은 직감적으로 그것이 사람이며 아마도 16명의 탈북자 중에 한 명이 이 길을 가다가 실족해서 저 아래로 떨어진 것이라고 추측했다.

"내려가겠다."

정필이 허리의 로프를 풀고 길 아래쪽 풀숲으로 한 걸음 내려서자 옥단카가 두 손으로 그의 팔을 붙잡으며 불안한 표정을 지었다.

"비에제(그만 두세요)."

"가지 말라는 거냐?"

두 사람이 말은 통하지 않지만 무슨 말을 하는지 서로 짐작은 했다.

"웨이씨엔. 씨아부취(위험해요. 내려갈 수 없어요)."

탁!

"비켜라!"

정필이 뿌리치고 내려가려고 하자 옥단카가 두 손으로 그의 팔을 힘껏 잡았다. 작은 손인데도 뼛속까지 찌르르 아픈 대단한 힘이다.

"씨이(죽어요)!"

정필은 옥단카의 말 중에서 더러는 알아듣는 것이 있다. 그는 두 손으로 그녀의 작은 얼굴을 감싸 쥐고 자신의 얼굴을 가까이 가져가며 진지하게 말했다.

"저 사람은 내 통주(동족)다, 통주. 그래서 내버려 둘 수가 없다. 내 말 알아듣겠니, 옥단카?"

"통주."

"그래, 통주."

옥단카는 고개를 끄떡였다.

"씨에씽(같이 가요)."

정필은 천신만고 끝에 절벽 밑바닥까지 내려오는데 거의 한 시간이나 걸렸다.

원래 두 사람이 있던 좁은 길에서 수풀은 아래로 20m에 불과했으며 그 아래는 온통 바위투성이고 거의 수직으로 깎아지른 낭떠러지였다.

거기를 두 사람은 서로의 몸을 로프로 단단히 묶고 도우면서 겨우 내려왔다.

만약 옥단카가 아니었으면 정필은 절대로 혼자서 내려오지 못했을 것이다.

더구나 정필은 물론 옥단카까지 로프를 놓치고 구르는 등 위험한 고비를 두어 차례 넘기면서 바위에 찍히고 돌에 긁히는 상처를 입었다.

"괜찮니?"

절벽 아래에 다 내려온 정필은 쓰러져 있는 사람에게 다가가기 전에 옥단카가 괜찮은지를 챙겼다.

옥단카는 생긋 미소 지으며 정필이 한 말을 따라했다.

"괜찮니?"

그녀는 '괜찮니'라는 말의 뜻을 대충 알아듣고 '괜찮다'는 뜻으로 말한 것이다.

정필은 옥단카의 머리를 쓰다듬었다.

"그럴 때는 '괜찮다'라고 하는 거다. 해봐라. 괜찮다."

"괜찮다."

"그래."

정필은 옥단카와 함께 쓰러져 있는 사람에게 걸어갔다.

그는 절벽을 내려오면서 가끔 쓰러진 사람을 쳐다봤는데 그 사람은 처음 봤을 때나 지금 볼 때나 똑같은 자세 즉, 엎드린 모습이었다.

그 말은 그 사람이 전혀 움직이지 않았으며 그래서 죽은 것 같다는 뜻이다.

가까이 다가갈수록 그 사람의 모습이 점점 자세히 보였다. 바지와 파카를 입고 작은 배낭을 메고 있는데, 엎드린 자세인 몸의 굴곡이나 뒤로 긴 머리를 묶고 있는 모습으로 봐선 여자다.

슥―

정필은 여자 옆에 한쪽 무릎을 꿇고 앉아서 손을 뻗어 그녀의 어깨에 댔다.

그러고는 조심스럽게 여자의 어깨를 흔들었다.

"여보세요."

예상했던 대로 움직임이 없다. 그저 정필이 흔드는 대로 그녀의 몸이 가벼이 이리저리 흔들릴 뿐이다.

당연하다. 저 까마득한 절벽 위에서 추락했으니 살아 있다면 그게 기적이다.

옥단카는 주위를 둘러보고 있었다. 그녀는 어딜 가나 긴장을 늦추지 않았다.

스윽―

정필은 여자의 어깨를 잡은 손에 힘을 주어 그녀의 몸을 천천히 뒤집었다.

얼굴이 온통 머리카락에 뒤덮여 있고 여기저기 긁힌 상처투성이에 흙이 잔뜩 묻은 그녀는 뜻밖에도 20대 초반의 젊은 여자였다.

정필은 그녀의 등에서 배낭을 벗겨내고 조심스럽게 똑바로 눕혔다.

마음이 착잡하기 짝이 없다. 필경 이 여자도 굶주림 때문에 북한을 탈출하여 험난한 중국 땅을 전전하다가 대한민국으로 가고 있는 중이었을 텐데, 이런 이름도 모르는 밀림에서 억울하고 외로운 죽음을 맞이하고 말았다.

정필은 여자를 물끄러미 응시하다가 절벽을 쳐다보았다. 안타까운 일이지만 이미 죽은 여자의 시신을 절벽 위로 옮길 수는 없다.

옮겨서 뭘 어쩌겠다는 건가. 시신을 태국으로 보내거나 중국으로 데려가서 장례라도 치러주고 싶은 마음은 굴뚝같지만 그건 말도 안 되는 얘기다.

운송 수단이라도 있으면 그렇게 하겠지만 시신을 들쳐 메고 태국이나 중국까지 가려다간 정필이 죽어날 것이다.

아니, 단순하게 정필이 혼자 죽어나는 것은 괜찮지만 그는 탈북자들을 이끌고 또 다른 탈북자들을 찾아야 하는 절박한 상황인데 이 여자를 끌고 다닌다면 막대한 지장이 초래될 것은 명약관화한 사실이다.

그렇지만 시신을 이대로 놔둘 경우 강이 조금만 범람을 하면 강물에 휩쓸려 갈 것이다.

그냥 마음을 모질게 먹고 돌아서면 될 일인데도 정필은 그걸 못 해서 속을 썩이고 있다.

이러지도 저러지도 못한 채 정필은 한동안 그렇게 앉아서 물끄러미 여자만 굽어보고 있었다.

"……!"

그런데 그때 착각이었을까? 여자의 무척이나 긴 속눈썹이 아주 잠깐 파르르 떨린 것 같았다.

움찔 놀란 정필은 고개를 숙이고 여자의 얼굴을 뚫어지게 주시했다.

그러나 한동안 지켜보는데도 여자의 속눈썹이 다시는 떨리지 않았다.

아마도 그녀의 죽음이 너무 안타까운 나머지 정필의 간절한 희구(希求)가 그런 식으로 나타났던 모양이다.

그렇지만 정필은 한 가닥 가느다란 희망을 품고 손가락을 여자의 목덜미에 대보았다. 만약 살아 있다면 맥이 뛸 테지만 거의 기대는 하지 않았다.

목덜미의 맥은 뛰지 않았다. 그래도 포기할 수 없어서 손목의 맥에 손가락을 갖다 댔으나 역시 마찬가지다.

정필은 이미 죽은 지 오래 된 시체를 갖고 자신이 무엇을 하고 있는 것인지 쓸쓸해졌다.

그런데 여자의 손목에서 손가락을 떼려던 정필은 문득 그녀의 손목이 싸늘하지 않다는 사실을 깨달았다.

아니, 손목만이 아니라 조금 전 목덜미를 만졌을 때도 차갑지 않았던 것 같았다.

그는 다시 여자의 목덜미를 만져보았다. 따뜻하지는 않았지만 그렇다고 차갑지도 않았다.

그는 죽은 사람을 많이 봤기 때문에 시체가 매우 차갑다는 사실을 잘 알고 있었다.

직…….

여자의 파카 지퍼를 조금 내리고 티셔츠 안으로 손을 넣어 가슴 부위를 만져보았다.

물컹한 젖가슴 부위에는 아주 흐릿한 온기가 남아 있는 것 같았다.

지익—

정필은 급히 지퍼를 아래까지 내려서 파카를 양쪽으로 벌리고 고개를 숙여 여자의 심장 부위에 귀를 갖다 댔다.

'심장이 뛴다!'

잠시 후 그의 얼굴에 기쁨이 물결처럼 퍼졌다. 몹시 미약하지만 여자의 심장은 불규칙하게나마 뛰고 있었다.

"옥단카!"

그럴 필요가 없는데도 여자가 살았다는 사실 때문에 흥분한 정필이 고함을 질렀다.

옆에서 지켜보고 있던 옥단카는 정필이 왜 그러는지 짐작했는지 절벽 아래쪽을 가리켰다.

"갑시다."

그리고 그녀의 입에서 나온 말은 놀랍게도 한국말이었다. 정필이 김길우에게 몇 번인가 했던 말의 뜻을 이해하고 또 기억했다는 것이다.

정필은 여자를 안고 절벽 아래에 자연적으로 생긴 약 5m 깊이의 동굴로 들어갔다.

옥단카가 주위를 살피다가 발견한 모양이다. 동굴 안에는 코브라 한 마리가 똬리를 틀고 있었으나 옥단카가 긴 나뭇가지로 두들겨서 내쫓았다.

정필의 짐작으로 여자는 절벽에서 추락한 이후 최소 이틀 정도 강가에 엎어진 자세로 꼼짝도 하지 못하고 있었던 게 분명하다.

밀림의 낮은 찌는 듯이 덥지만 여기가 고지대인 탓에 밤에는 매우 춥다. 그렇기 때문에 여자의 체온이 최저로 떨어져 있을 것이다.

추락하면서 어딘가 부러졌을지 모르지만 지금은 체온을 회복하는 것이 급선무다.

정필은 풀을 많이 뜯어다가 동굴 깊숙한 안쪽에 수북하게 깔고 거기에 여자를 눕혔다.

그러고는 자신의 파카를 벗어서 덮고 또 배낭 위에 묶어놓은 담요를 풀어 덮어주었다.

"나거부쉬(그러는 거 아니에요)."

그런데 옥단카가 고개를 가로저으며 여자에게 가까이 다가가더니 덮어준 파카를 걷었다.

뿐만 아니라 옥단카는 여자 옆에 꿇어앉아서 그녀의 옷을 하나씩 차근차근 조심스럽게 벗기더니 이윽고 알몸을 만들어 놓았다. 그러고는 정필에게 옷을 모두 벗으라는 몸짓을 해보였다.

정필은 옥단카의 의도를 간파했다. 정필의 체온으로 여자의 몸을 녹여주라는 것이다.

그것은 정필이 특전사에 있을 때 배웠던 고전적인 방법으로 저체온으로 죽어가는 사람을 살리는 데에는 탁월한 효과가 있다고 했다.

지금은 사람의 목숨이 최우선이지 이것저것 따질 일이 아니라서 정필은 즉시 옷을 벗었다.

정필이 알몸의 여자를 옆으로 눕히고 자신이 그녀 앞에 마주 보는 자세로 눕는데 뜻밖의 일이 벌어졌다.

옥단카가 옷을 훌훌 벗더니 금세 알몸이 되었다. 정필이 조금 놀라는 얼굴로 쳐다보자 옥단카는 조금 부끄러워하면서 여자의 뒤쪽에 그녀를 향해 누웠다.

세 사람은 담요를 덮고 나란히 누웠으며 여자를 가운데 두고 정필은 앞에서 옥단카는 뒤에서 꼭 끌어안았다.

그렇게 2시간이 지났을 때 여자의 몸이 아주 조금 따뜻해지는 것 같았지만 여전히 깨어나지 않았다. 저체온증으로 이틀 동안 기절해 있던 사람이 그렇게 간단히 의식이 돌아오지는 않을 것이다.

정필로서는 여자를 이대로 놔두고 가는 것은 말도 안 되는 일이고, 그렇다고 죽어가는 여자를 들쳐 업고 절벽을 기어 올라간다는 것은 더욱 못 할 일이다.

힘든 것은 차치하고서라도 절벽을 오르다가 여자가 덜컥 죽어버릴 수도 있기 때문이다.

숨이 간당간당해도 목숨만 붙어 있다면 기필코 살려내겠다는 것이 정필의 각오다.

위험한 모험이긴 하지만 정필은 동굴 안에 모닥불을 피우기로 결정했다.

동굴 안쪽이 살짝 구부러져 있기 때문에 밖에서는 불빛이 보이지 않을 테고, 동굴 밖으로 연기가 흘러나가겠지만 곧 어두워질 것이니까 그 역시 보이지 않을 것이다.

정필은 두고 온 김길우와 철민이 등 탈북녀들이 걱정되기는 했지만 아까 그들에게 찾아준 장소가 아늑하고 감쪽같았기 때문에 돌아다니지 않고 그곳에 잘 숨어서 쉬고 있으면 별일은 없을 것이라고 자위했다.

정필은 어두워지기 전에 옥단카에게 땔감을 구해오라고 시키고는 옥단카가 빠져나간 자리를 담요로 잘 덮고 여자를 다시 잘 안았다.

여자는 키가 제법 큰 편이라서 정필이 보기에 167~168㎝는 될 것 같았다.

정필은 북한 여자치고 이렇게 큰 키의 여자는 권보영 말고는 아무도 본 적이 없었다.

눈을 꼭 감고 있는 여자의 머리가 정필의 턱 아래에 있고, 그녀의 몽실몽실하고 풍만한 유방은 그의 가슴을 짓누르고 있으며, 하체도 빈 틈 없이 밀착되어 있는 자세다.

하지만 정필은 그녀가 여자 즉, 이성이라는 생각이 손톱만큼도 들지 않았다.

이런 상황에서 불순한 생각을 한다면 그건 사람이 아니라 금수만도 못한 인간 말종일 것이다.

정필은 커다란 손으로 여자의 뒷목과 어깨, 등을 천천히 부드럽게 쓰다듬었다.

마찰열로 조금이라도 그녀를 따뜻하게 해주려는 것이고, 일종의 마사지 효과도 얻으려는 의도다.

'제발 깨어나라. 이렇게 밀림에서 죽어버리면 억울해서 어떻게 저승에 가겠니?'

정필은 이 여자에 대해서 아무것도 모른다. 만약 여자가 이대로 죽어버린다면 그의 기억에는 단지 밀림 속에서 기구하게 죽어간 이름 모를 여자로만 새겨질 것이다.

정필은 옥단카보다 불을 더 잘 피우는 사람을 지금껏 본 적이 없다.

"따후워지게이(라이터 주세요)."

그녀는 말하면서 담배 피우는 시늉을 해보였다.

"라이터 주세요."

정필은 총명한 옥단카에게 한국말을 가르쳐 볼 요량으로

그렇게 말하면서 라이터를 주었다.

"라이터 주세요."

옥단카는 그게 무슨 뜻인지 아는 것처럼 몇 번 입속으로 따라하면서 불을 붙이더니 거짓말이 아니라 불과 30초 만에 모닥불이 활활 타오르게 했다.

옥단카는 정필을 향해 쪼그리고 앉아서 모닥불에 충분히 나뭇가지를 올려놓고 불이 잘 타오르도록 쑤석거리자 불길이 세차게 타올랐다.

정말이지 옥단카는 못 하는 게 없는 것 같다.

정필은 그 모습을 물끄러미 바라보는데 문득 그녀가 고개를 살짝 숙이고 부끄러운 표정을 지었다.

그러고 보니까 옥단카는 벌거벗은 채 땔감을 구하러 나갔으며 지금도 벌거벗은 상태로 쪼그리고 앉아서 불을 피우고 있다.

정필은 무심코 옥단카를, 아니, 불을 피우는 모습을 응시하고 있는데 그녀는 뒤늦게 자신이 벌거벗었다는 사실을 깨달은 모양이다.

사람이란 참 묘하다. 여태까지는 그저 무심했었는데 옥단카가 반응을 보이니까 정필의 시선이 자기도 모르게 그녀의 유방과 쪼그리고 앉은 은밀한 곳으로 향했다.

모닥불이 있다고는 하지만 동굴 안이 어두컴컴해서 옥단카의 봉긋한 유방만 살짝 보일 뿐이다.

정필은 깜빡 잠이 들었다.

그는 늘 피곤하기 때문에 어디서든 앉거나 누우면 곧바로 잠에 빠져 버린다.

*   *   *

서희는 아주 길고도 무서운 악몽을 꾸었다.

정치범수용소에 끌려간 가족들이 거대한 불기둥 위에 묶인 채 불에 타서 죽는 끔찍한 광경이었다.

서희는 탈출하다가 붙잡혀서 의자에 앉혀져 강제로 그 광경을 지켜보게 되었다.

그런데 그녀의 옆에서 낯익은 얼굴의 최고급 인민복을 입은 뚱뚱한 사내가 잔인하게 미소 지으면서 말했다.

"잘 보라우, 한서희. 날 배신하면 저렇게 되는 거이야. 알아 듣간?"

그 사내는 얼마 전까지 한서희가 목숨을 바쳐서 충성을 했고 예쁘게 보이고 칭찬을 받기 위해서 한서희로 하여금 밤낮 없이 노래며 춤이며 악기 연주를 훈련하게 했던 북조선의 위대한 령도자였다.

불타고 있는 가족들이 뜨겁다고 구슬프게 울부짖는 비명 소리가 서희의 가슴을 갈가리 찢었다.

서희는 부모님과 여동생, 남동생의 이름을 아무리 목이 터 져라 불러도 목소리가 입 밖으로 흘러나가지 않았다.

그리고 어떻게 된 일인지 불타는 장작더미 위에서 화형(火 刑)을 당하는 가족들은 죽지도 않고 몇 날 며칠이고 그 장면 이 끝없이 반복됐다.

서희는 살려 달라고 울부짖는 가족들의 모습을 차마 볼 수 가 없어서 고개를 돌리거나 눈을 감으려고 하는데도 도무지 뜻대로 되지 않았다.

몸이 마음대로 움직여지지도 않았고 눈을 똑바로 뜨고 가 족들이 불타는 광경을 생생하게 지켜봐야만 했다.

옆에서 위대한 령도자가 흡족하게 껄껄 웃는 소리가 서희 의 고막을 파고드는 것도 고문이었다.

꿈이 얼마나 생생한지 꿈이라는 생각이 조금도 들지 않았 으며, 서희는 그저 가족들과 함께 죽여 달라고 통곡을 하면서 빌고 또 빌었다.

"……."

타닥탁…….

눈을 뜬 서희는 지금도 가족들이 불에 타서 죽고 있는 상 황이 계속 진행되고 있는 것이라고 생각했다.

자신이 오랫동안 눈을 감고 있다가 지금 막 눈을 떴다는 생각은 추호도 들지 않았다.

정치범수용소에서 가족이 화형을 당할 때처럼 장작이 타는 소리가 바로 옆에서 들렸다. 나무가 타는 냄새도 나고 새빨간 불길도 얼핏 보였기에 공포에 질린 서희는 부르르 몸서리를 쳤다.

'어머니… 아버지……'

서희는 눈을 꼭 감았다.

"……"

그런데 눈이 감겨졌다. 여태까지는 아무리 눈을 감으려고 해도 감겨지지 않았던 눈이 지금은 감겨진 것이다.

그녀는 다시 눈을 뜨고 깜빡거렸다. 바로 앞 10cm도 안 되는 곳에 뭔가 보였는데 그게 뭔지 알 수가 없다.

그러다가 그녀는 자신의 입술이 어딘가에 닿아, 아니, 살짝 짓눌려 있다는 사실을 깨달았다.

"음……"

그녀의 작은 신음 소리에 정필은 퍼뜩 잠이 깼다.

정필은 얼굴을 약간 뒤로 물러나게 하고 여자 서희를 바라보았다.

그제야 서희는 자신이 어느 남자의 품에 안겨 있으며 방금 전까지 그의 가슴에 입술을 짓누르듯이 대고 있었다는 사실을 깨닫고 소스라치게 놀랐다.

"아……."

"정신이 듭니까?"

정필이 기쁜 얼굴로 말하는 데도 서희는 아직 제정신을 차리지 못했다.

정필은 그녀의 이해를 돕기 위해서 상황을 설명했다.

"당신은 절벽에서 추락해서 많이 다쳤습니다."

그의 말에 서희는 눈을 깜빡거리다가 어떻게 된 일인지 확연하게 생각이 났다.

"아……."

15명의 탈북자와 함께 일렬로 길게 절벽 중간의 좁은 길을 가다가 한서희는 발을 헛디뎌 까마득한 절벽 아래로 추락했었다.

그때 그녀는 자신이 이대로 죽는다는 생각을 하면서 어떤 한 사람의 모습을 떠올리며 정신을 잃었는데 그것이 기억의 마지막이었다.

그랬는데 다시 정신을 차리다니 이게 꿈인지 생시인지 분간이 가지 않았다.

"누구십니까?"

"나는 최정필이라고 합니다."

"최정필… 아……."

한서희는 화들짝 놀라 눈을 동그랗게 뜨고 정필을 바라보았다.

베드로의 집에 있을 때 볼일 때문에 거기에 온 정필을 먼발치에서 한 번인가 본 적이 있었고, 그에 대한 말은 귀가 따갑도록 들었었다.

"미카엘 님……."

한서희의 커다란 두 눈에 눈물이 가득 고였다.

그녀가 절벽에서 추락하여 정신을 잃기 직전에 떠올렸던 마지막 한 사람이 바로 대천사 미카엘, 정필이었다. 그때 그녀는 정필을 생각하면서 간절하게 빌었다.

—미카엘 님, 절 구해주세요…….

그런데 기도가 이루어졌다. 서희 생전에 이루어진 최초의 기적이다.

정필은 부드러운 미소를 지었다.

"정말 다행입니다. 반드시 살아날 거라고 믿었습니다."

한서희는 정필을 똑바로 바라보지 못하고 눈을 내리깔고는 그의 턱에 이마를 댔다.

"말 놓으셔도 됩니다. 저는 이자 스무 살입니다."

"어……."

"저는 한서희입니다. 베드로의 집에서 한 번 미카엘 님을 본 적이 있습니다."

정필은 서울말하고 비슷하지만 어딘지 어감이 다른 평양 말을 처음 들어 보았다.

"어… 그러니까 너는 저체온증에 빠져 있었고, 널 살리려고 이렇게 할 수밖에 없었어."

조금 어색해진 정필은 현재의 상황에 대해서 그녀의 요구대로 반말로 설명했다.

"저는 괜찮습니다."

한서희는 자신을 살리려고 정필이 꼭 안고 있었다는 뜻으로 알아들었다.

"괜찮다니 다행이다. 그럼, 어디……."

슥…….

정필은 한서희를 자세히 살피기 위해서 안고 있던 그녀를 놓고 몸을 일으켜 앉았다.

"아……."

한서희는 정필이 알몸인 것을 보고 화들짝 놀랐다. 그러면서 어쩌면 자신도 알몸일지 모른다는 생각이 뇌리를 스쳐서 급히 아래를 굽어보았다.

짐작대로 그녀는 알몸이었다. 보얗고 탱글탱글한 유방이 눈 밑에서 아른거렸다.

"아악……."

그녀는 크게 당황해서 벌떡 일어나려고 했지만 몸이 말을 듣지 않았다.

몸 여기저기가 부서지는 것처럼 아파서 저도 모르게 비명을 질렀다.

정필은 일어나서 한쪽에 벗어둔 옷을 집어 들었다.

"움직이지 마라."

한서희는 정필을 쳐다보다가 돌아서서 옷을 입는 그의 희멀건 궁둥이를 보고는 화들짝 놀라서 급히 눈을 감았다.

'옴마야…….'

"아아… 아픕니다……."

한서희는 정필이 살펴보는 내내 신음 소리를 냈다.

한서희는 처음에는 벌거벗고 누워 있다는 사실이 너무 부끄러웠는데, 그녀가 어디를 얼마나 다쳤는지 알아내느라 정필이 여기저기 만질 때마다 자지러졌다.

그녀는 온몸에 긁히고 찢어진 상처가 많았지만 그보다 더 큰 상처는 오른쪽 정강이뼈와 갈비뼈가 몇 개 부러졌다는 사실이다.

몇 개인지는 알 수 없었지만 갈비뼈가 부러진 것만은 분명했다.

그렇기 때문에 옆구리와 배 근처를 슬쩍 만지기만 해도 아픈 것이다.

정필은 한서희의 상처를 살펴본 후에 배낭을 열어 비상약통을 꺼냈다.

"아아… 춥습니다……."

정필은 몸을 심하게 떠는 한서희를 모닥불 가로 가까이 옮겨 바닥에 담요를 깔고 그 위에 눕혔다.

"옥단카."

정필은 옥단카에게 플래시를 켜서 주었다.

"비춰라."

"비춰라."

그가 말하자 옥단카가 따라서 말했다.

정필은 플래시 불빛 아래에서 한서희를 치료하기 시작했다.

긁히고 찢어진 상처에는 약을 바르고 반창고를 붙였으나 나중에는 반창고가 모자라서 그냥 약만 발랐다.

절벽에서 100m 이상을 데굴데굴 굴러서 떨어졌기 때문에 얼굴에서부터 발끝까지 상처가 나지 않은 곳이 없을 정도로 빼곡했다.

치료를 하는 동안 한서희는 벌거벗고 있는 탓에 부끄러움과 아픔 이중고로 고생했다.

정말이지 한서희는 우유처럼 희고 뽀얀 그리고 늘씬하고 풍만한 몸 구석구석 다치지 않은 곳이 없었다.

그러니까 그 말은 정필의 손길이 닿지 않은 곳이 없었다는 뜻이기도 하다.

마지막으로 정필은 한서희의 부러진 정강이뼈에 길고 넓적한 나무를 구해 와서 부목을 대고 붕대를 칭칭 감았다.

그러나 부러진 갈비뼈는 어떻게 응급처치를 해야 할지 난감해서 그냥 압박붕대를 칭칭 감는 것으로 끝냈다.

내일 날이 밝은 후에 치료를 하면 김길우 등 기다리는 사람들에게 돌아가는 시간이 늦어지게 된다.

또한 한서희의 부러진 정강이뼈와 갈비뼈를 오래 방치했기 때문에 부러진 뼈가 변형됐거나 위치가 변해서 나중에 접합할 때 애를 먹을 수도 있었다.

또한 아예 변형된 상태로 접합을 해야 하는 상황이 초래될 수도 있었다.

정필은 옥단카에게 모닥불에 나무를 더 넣으라고 이르고는 한서희에게 옷을 입히고 잠자리를 마련했다.

정필이 잠자리에 들기 전에 시계를 보니까 밤 11시 27분이다. 오후에 이곳에 내려와서 거의 10시간을 보냈다.

한서희를 가운데 눕히고 정필이 그녀와 마주 보는 자세로 끌어안았으며, 그녀 뒤에서는 옥단카가 안았다.

아까하고 달라진 것이 있다면 이제는 세 사람이 옷을 입었다는 사실이다.

"자자."

"자자."

정필의 말을 옥단카가 따라서 했다.

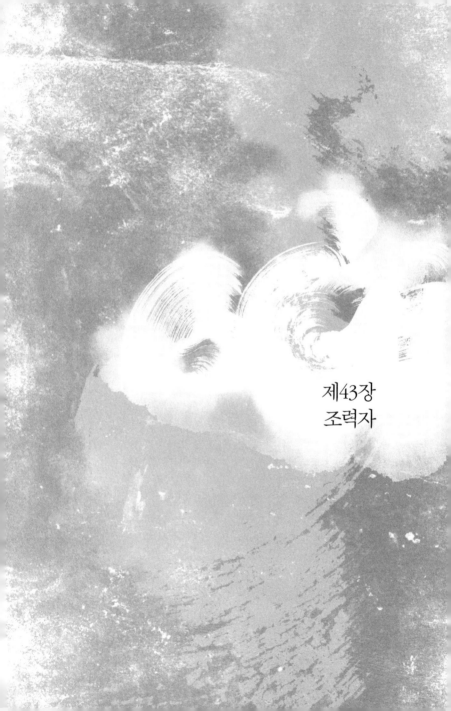

제43장
조력자

　1월 23일 아침 7시 즈음, 정필은 서희를 업고 절벽을 오르기 시작했다.

　서희는 중상을 입은 상태지만 살기 위해서는 절벽을 오를 수밖에 없으며 그러려면 운송 수단이 정필에게 업히는 방법뿐이다.

　일단 정필은 서희를 업고 옥단카에게 로프로 두 사람을 꽁꽁 묶게 했다.

　그때마다 정필은 옥단카에게 말을 해줬으며 그녀는 정확한 발음으로 따라 했다.

서희의 갈비뼈가 부러졌기 때문에 그 부위가 움직이지 않게 하려고 최대한 노력했다.

서희가 고통스러워했지만 느슨하게 묶었다가 오르는 도중에 불상사를 당하지 않으려면 그럴 수밖에 없다. 서희는 그걸 알기에 고통을 참으려고 기를 썼다.

거의 수직에 가까운 암벽을 정필이 서희를 업고 오르는 일은 누가 보더라도 미친 짓 같았다.

정필의 몸을 묶은 또 한 줄의 로프를 옥단카가 쥐고 정필보다 먼저 앞서 10m쯤 절벽을 올라가서 바위나 단단한 나무에 묶었다.

그러면 정필이 로프를 잡고 두 발로는 주위의 지탱할 만한 것을 딛고, 오르고 옥단카는 위에서 힘껏 끌어당기는 것을 수백 번 반복했다.

"헉헉헉헉……."

정필은 절벽 위에 올라와 서서 마치 숨이 끊어지고 허파가 터질 것처럼 가쁜 숨을 몰아쉬었다.

그는 서희를 업고 있기 때문에 극도로 지친 상태에서도 눕기는커녕 앉을 수도 없는 상황이다. 로프를 풀고 앉아서 쉬면 잠시 후에 또다시 묶어야 하기 때문에 그냥 서서 휴식을 취해야 했다.

기진맥진하기는 옥단카도 마찬가지지만 그녀는 가쁜 숨을 할딱거리면서도 끌어 올리기 위해 정필의 몸에 묶었던 로프를 풀었다.

얼마나 지쳤으면 서 있는 정필이나 로프를 푸는 옥단카 둘 다 온몸을 부들부들 격렬하게 떨어댔다.

여전히 정필에게 업혀 있는 서희는 몸이 흔들릴 때마다 쪼개지는 것처럼 고통스러웠지만 신음 소리를 내지 않으려고 무던히 애썼다.

자신의 고통은 정필이나 옥단카의 고통에 비할 것이 아니라는 사실을 잘 알기 때문이다.

서희는 어젯밤에 동굴 속에서 깨어난 이후 지금까지 많은 생각을 했었다.

정치범수용소에 끌려간 가족들에 대한 걱정과 자신의 불투명한 앞날 등에 대한 것도 있지만 그래도 가장 많이 생각한 것은 정필에 대한 것이었다.

사실 서희는 베르도의 집에 있을 때부터 '미카엘' 혹은 '헤이티엔시'라고 부르는 탈북자들의 영웅에 대한 여러 가지 얘기들을 많이 들었다.

그 얘기들은 하나 같이 영화나 드라마보다도 흥미진진하고 듣는 사람의 손에 땀을 쥐게 하거나 눈물이 쏟아질 만큼 감동스러운 영웅담들이어서 서희는 막연하게나마 그를 존경

했었다.

베드로의 집에 머무는 탈북자들은 미카엘 혹은 헤이티엔시라는 탈북자들의 영웅을 자기들끼리는 친근하게 '검은 천사'라고 불렀다.

서희도 외국어 별명인 미카엘이니 헤이티엔시라고 하는 것보다는 조선말로 알기 쉽게 '검은 천사'라고 부르는 이름이 훨씬 좋았다.

그런데 어느 날 그 굉장한 영웅 검은 천사가 장중환 목사를 만나러 베드로의 집에 왔었다.

그때 서희는 검은 천사를 처음 보았고 세상에 저렇게 멋지고 잘생긴 남자가 존재하고 있었다는 사실을 처음 알게 되었다.

검은 천사는 베드로의 집에 있는 탈북자들하고도 친했으며 그들 중에 절반 정도는 그가 구해주었다고 한다.

베드로의 집 탈북자들 중에서 검은 천사를 싫어하는 사람은 한 명도 없었다.

아니, 싫어하기는커녕 하나님 다음으로 그를 좋아하고 존경한다는 탈북자가 대다수였다.

그중에서도 특히 여자들은 검은 천사에게 각별한 사모의 마음을 품고 있었으며 서희도 처음 보자마자 믿을 수 없게도 그를 짝사랑하게 되었다.

그녀는 지금까지 남자를 좋아한 적이 한 번도 없었는데 검은 천사는 한 번 보자마자 열병 같은 짝사랑에 빠졌다.

잘생겼다는 단순한 이유 하나였으면 짝사랑 같은 것은 하지 않았을 것이다.

그가 탈북자들의 영웅 검은 천사라는 사실이 90% 이상 작용을 했다.

그랬기 때문에 서희는 절벽에서 추락하여 정신을 잃는 마지막 순간에도 검은 천사 미카엘을 떠올리며 그가 자신을 구해주기를 간절하게 기도했었다.

길림성에서 활동하는 검은 천사가 이런 밀림에 나타나서 그녀를 구해줄 리가 없을 텐데도 믿을 구석은 오로지 검은 천사 한 사람뿐이었다.

그리고 기적이 일어나 정말로 검은 천사가 그녀를 구해주는 사건이 벌어졌다.

차마 말로는 하기 어려운 부끄러운 방법으로 그녀의 생명을 구했지만, 그녀는 새로 배우고 믿게 된 기독교에서의 하나님이 보여준 여러 기적들보다 검은 천사가 만들어낸 기적을 더욱 신봉하게 되었다.

그리고 검은 천사의 놀라운 기적은 끝나지 않고 아직도 이어지고 있는 중이다.

그는 서희가 굴러 떨어졌던 절벽을 그녀를 업고 기어올랐으며, 올라와서도 그녀를 내려주지 않고 그 상태로 이동을 시작했다.

"헉헉헉……."

검은 천사 정필의 거친 숨소리가 서희에겐 그토록 감미로울수가 없으며, 그의 넓은 등이 세상 그 어떤 보금자리보다도 아늑했다.

'지금 내가 꿈을 꾸고 있는 것이 아닐까?'

그런 생각을 하면서 서희는 자꾸만 입술을 깨물어보았다. 꿈인지 현실인지 확인하려는 것이다.

다행히 김길우가 돌보고 있는 철민이와 6명의 탈북녀에게는 아무 일도 없었다.

일이 있었다면 밤이 지나고 아침이 올 때까지 정필이 돌아오지 않아서 다들 걱정했다는 것뿐이다.

정필은 일행과 탈북녀들이 지니고 있는 먹을거리를 꺼내서 가운데 놓고 식사를 했다.

모두들 둘러앉아서 인스턴트 요리와 빵, 떡, 비스킷 따위로 식사를 하고 있을 때 정필은 휴대용 찬합 뚜껑에 인스턴트 고기와 생선, 빵과 비스킷을 몰아서 넣고 물을 부어 숟가락으로 으깨어 죽을 만들어 서희에게 가져갔다.

정필은 서희를 일으켜 앉혀서 상체를 나무에 기대게 하고는 인스턴트 잡탕 죽을 숟가락으로 떠서 먹였다. 서희는 오랫동안 굶었던 터라서 잘 받아먹었다.

김길우와 옥단카 등 다른 사람들이 자신이 먹이겠다고 했지만 정필은 모두 거절하고 자기가 직접 먹였다. 특별한 이유가 있어서가 아니라 그렇게 해야지만 마음이 편할 것 같아서였다.

서희는 그러는 정필이 얼마나 고마운지 말로는 이루 설명할 수가 없을 정도다.

그녀는 정필이 어째서 미카엘이고, 헤이티엔시며, 검은 천사로서 많은 사람의 존경을 받고 있는 것인지 골백번도 넘게 실감했다.

말없이 눈물을 흘리며 받아먹는 서희의 눈물을 닦아주면서 정필은 온화하게 미소 지었다.

"울지 마라. 무슨 일이 있어도 내가 널 반드시 태국까지 데려다 주마."

"그거 때문에 우는 게 아닙니다."

"그럼 왜 우니?"

"검은 천사님이 너무 고마워서 우는 겁니다."

"검은 천사?"

"베드로의 집에 있는 북조선 사람들은 미카엘 님을 검은 천사라고 부릅니다."

정필은 미소를 지으면서 고개를 끄떡이다가 부드러운 목소리로 말했다.

"서희야."

"네."

"이제는 날 오라바이라고 불러라."

정필은 죽이 서희 턱에 흐르는 것을 닦아주었다.

서희는 기쁜 표정을 지었다.

"그래도 됩니까?"

"물론이지."

"저… 오라바이, 결혼하셨습니까?"

정필은 빙그레 미소 지었다.

"아직 안 했다."

"사랑하는 사람 있습니까?"

"그래."

"누굽니까?"

서희가 꼬치꼬치 묻는데 정필은 사랑하는 사람을 은애라고 대답할 뻔했다.

"은주, 조은주다. 은주도 탈북했는데 함북 무산 출신이다."

"네……."

정필은 다시 서희의 눈물을 닦아주었다. 그런데 그녀가 이번에 흘리는 눈물은 실망과 슬픔의 눈물이라는 것을 그가 알리가 없다.

식사 후에 정필은 지도를 펼쳤다.

우리가 지금 어디쯤에 있느냐고 묻자 옥단카가 지도의 한 곳 라오스 동북부 지역을 짚었다.

"파크판."

정필은 서희가 쓰러져 있던 강을 가리켰다.

"그럼 이게 남데강이로군."

"옥단카 말로는 남데강이 루앙프라방이라는 곳에서 메콩강으로 흘러들어 간담다."

정필은 지도를 들여다보았다.

"그렇다면 라오스의 조력자를 만나기로 한 곳이……."

"여김다, 무앙마이."

김길우가 방금 옥단카가 가리킨 곳에서 조금 남쪽으로 치우친 지역을 짚었다.

"음, 40㎞쯤 되겠군."

장중환 목사가 소개한 라오스의 조력자는 정필이 장중환 목사하고 통화한 2일 후부터 매일 오전 11시와 오후 5시에 두 차례 정해놓은 장소에서 한 시간씩 기다리기로 약속이 되어 있다.

정필이 장중환 목사하고 통화한 이틀 후가 바로 오늘이다.

지금이 오후 1시니까 오전 11시에 만나기로 한 약속은 지나가
버렸다.

그렇다고 해서 오후 5시 약속을 지키는 것은 불가능하다.
밀림 40㎞를 4시간 만에 주파할 수는 없다.

정필은 옥단카를 쳐다보았다.

"옥단카, 지금 출발하면 내일 오전 11시까지 무앙마이에 도
착할 수 있겠니?"

김길우의 통역을 들은 옥단카의 시선이 서희에게 향하더니
고개를 가로저었다.

"안 돼."

그녀는 정확한 발음의 한국말로 대답했다. 정필에게 배운
말 중에 하나다.

옥단카가 서희를 가리키면서 뭐라고 말하는 것을 김길우가
쭈뼛거리면서 통역했다.

"저 여자를 두고 가면 갈 수 있담다."

정필이 힐끗 쳐다보니까 나무에 기대어 앉아 있는 서희가
옥단카의 말을 듣고 왈칵 눈물을 쏟고 있다.

정필은 정색을 하고 옥단카를 꾸짖었다.

"한 번만 더 그러면 널 두고 갈 거다."

김길우의 통역을 들은 옥단카는 깜짝 놀라더니 그 자리에
무릎을 꿇고 정필을 향해 이마를 바닥에 댔다.

"쓰주이쓰제(死罪死罪 : 죽을죄를 지었습니다)."

옥단카의 인정머리 없는 말에 화가 난 정필은 대꾸도 하지 않고 그녀를 쳐다보지도 않았다.

그에게 옥단카라는 존재가 중요하긴 하지만 동족인 서희만큼은 아니라는 생각이다.

그 동족을 버리고 가라는 식으로 말하는 옥단카를 그는 당연히 꾸짖어야 한다고 생각했다.

펑펑 눈물을 흘리는 서희는 끝까지 자신의 편에 서서 하나님보다 더 큰 믿음과 용기를 주는 정필에게 가없는 고마움을 느꼈다.

정필은 우선 이 사람들을 라오스의 조력자에게 넘겨준 다음에 다시 이곳으로 돌아와서 실종된 탈북자들을 수색하려는 생각이다.

이 사람들을 이런 식으로 밀림에 놔두고 실종자들을 수색하는 것은 양쪽의 사람 모두를 잃을지도 모르는 위험이 도사리고 있기 때문이다.

라오스의 조력자에게는 이 사람들을 며칠 동안만 맡아달라고 부탁하고는 실종된 탈북자들을 찾은 다음에 정필이 모든 탈북자를 이끌고 태국 메콩강으로 간다는 전체적인 밑그림을 그렸다.

＊　　　＊　　　＊

정필은 서희를 업고 로프로 꽁꽁 묶은 상태에서 무리의 맨 뒤를 묵묵히 따랐다.

선두는 옥단카가, 그 뒤를 철민이를 업은 김길우가 따랐으며, 중간에 6명의 탈북녀가, 그리고 후미에서 정필이 뒤처지는 사람들을 독려하면서 가고 있다.

오후 1시 20분에 출발하여 현재 시간 4시 30분인데 3시간 10분 만에 5km쯤 왔으니까 빠른 속도로 이동하는 중이었다.

이런 속도로만 가면 내일 아침 11시에 무앙마이의 약속 장소에 도착할 수 있을 것 같았다.

그렇지만 2시간 후에는 어둠이 찾아올 것이고 그때부터는 속도가 절반 이하로 뚝 떨어지게 될 것이다.

뿐만 아니라 밤에 밀림을 이동하는 것은 낮하고는 달리 위험이 도처에 깔려 있다.

만약 예기치 않은 위험으로 인해서 누군가 다치거나 죽기라도 한다면 그야말로 최악의 사태다.

탈북자들을 위해서 한 일이지만 결국 시간을 맞추려고 서둔 정필의 책임으로 돌아갈 것이다.

그런다고 해서 누가 뭐라고 꾸짖을 사람은 없겠지만, 정필이 자신을 용서하기 어려울 것이다.

오후 5시 15분, 정필은 10분간 휴식을 취하기로 했다.

김길우를 비롯한 탈북녀들은 숲 속의 작은 공터에 옹기종기 모여 앉아서 지친 몸을 쉬며 물을 마셨지만, 서희를 로프로 꽁꽁 묶어서 업고 있는 정필은 앉을 수가 없어서 선 채로 휴식을 취했다.

옥단카는 더 빠른 지름길을 찾아보겠다고 쉬지도 않고 앞쪽으로 갔다.

그녀는 아까 정필에게 혼이 나고 나서는 크게 주눅이 들어서 우울한 표정이었다.

"오라바이."

"응?"

업혀 있는 서희가 조그만 소리로 정필을 불렀다.

서희는 정필의 귀에 입을 대고 부끄러운 듯 더 작은 소리로 속삭였다.

"저… 볼일 보고 싶습니다."

정필은 무릎에 앉힌 철민이에게 물을 먹이고 있는 김길우를 불렀다.

"길우 씨, 로프 좀 풀어 주십시오."

김길우가 로프를 거의 다 풀었을 때 갑자기 뒤쪽에서 고함소리가 터져 나왔다.

"모두들 꼼짝하지 마라우!"

아직 서희를 업고 있는 정필과 김길우는 놀라서 급히 돌아보다가 더욱 놀란 표정을 지었다.

언제 나타났는지 공터 어귀에 3명의 사내가 서 있는데 그중에 한 명이 검은색 권총을 쥐고 정필과 김길우를 겨누고 있으며 나머지 두 명은 중국 대도를 쥐고 있다.

김길우가 정필의 로프를 푸느라 약산 주위가 산만해졌을 때 사내들이 접근한 모양이다.

대도를 쥔 염소처럼 생긴 30대 중반의 사내가 돌아보는 정필을 대도를 뻗어 가리키면서 소리쳤다.

"형님! 저 새끼입다! 저 새끼가 학수하고 동규하고 중국 애들을 죽였습다!"

정필은 움찔했다. 방금 외친 사내의 말은 정필이 방학수와 신동규, 그리고 중국 사내 2명을 죽였다는 뜻이다. 정필과 김길우, 옥단카 외에 그 사실을 알고 있는 사람이 있다는 게 놀라웠다.

권총을 겨누고 있는 40대 초반의 덥수룩한 수염을 기른 험상궂은 인상의 사내가 정필을 쏘아보았다.

"틀림없는 거이냐?"

"저 새끼가 버스 안에서 학수하고 동규들을 권총으로 죽이는 거이 내 눈으로 똑똑하게 봤시요!"

아마도 지금 말한 사내는 죽은 방학수를 따라와서 감시를 하고 있었던 것 같았다.

권총을 겨눈 사내가 정필을 당장 쏠 것처럼 권총으로 을러대며 인상을 썼다.

"야, 이 새끼야! 니가 학수하고 동규를 죽인 거이 맞니?"

정필이 대답을 하지 않고 노려보기만 하자 사내가 권총을 겨눈 채 천천히 걸어오더니 권총 손잡이로 냅다 정필의 얼굴을 후려갈겼다.

픽!

"윽!"

"이 새끼가 대답하라니까 누굴 노려보는 거이야?"

정필이 비틀거리며 두 걸음 물러나자 사내가 권총을 겨누며 악을 썼다.

"이 쌍놈의 새끼야! 학수는 내 친동생이란 말이야! 내래 당장 네놈의 새끼를 죽여 버리갔어!"

정필은 관자놀이가 찢어져서 피를 흘리면서도 업고 있던 서희를 바닥에 내려놓았다.

만약 자신에게 무슨 일이 생기더라도 서희를 보호하겠다는 생각에서다.

일어선 정필은 사내가 겨누고 있는 권총이 옛 소련제 T33 토카레프라는 것을 한눈에 알아보고 재수가 옴 붙었다는 생각이 들었다.

T33 토카레프는 아예 안전장치가 없어서 바닥에 떨어뜨리기만 해도 충격 때문에 발사되는 사고가 빈번하게 일어나는 악명 높은 권총으로 유명하다.

그러므로 지금 저 사내가 치솟는 분노를 조절하지 못하고 방아쇠에 걸려 있는 손가락에 살짝 힘만 줘도 정필의 얼굴에 구멍이 뚫리고 말 것이다.

정필은 앞뒤 생각할 것 없이 무조건 피해야겠다는 일념으로 땅바닥에 몸을 날렸다.

탕!

팍!

"으왁!"

총소리와 비명 소리 같은 것들이 한꺼번에 터져 나왔다.

정필은 땅바닥에 한 바퀴 구르는 도중에 재빨리 파카 안주머니에 손을 넣어 cz—75를 뽑아 권총을 겨눴던 사내를 향해 발사했다.

투쿵! 쿵!

정필이 제아무리 빠르게 몸을 날리고 또 땅바닥을 구른다고 해도 권총을 쥐고 있는 사내가 발사하는 속도를 능가할 수는 없다.

정필은 온몸으로 구르지만 사내는 그저 팔만 조금 움직여서 겨냥을 하고 손가락을 까딱거려서 발사만 하면 그만이기 때문이다.

정필은 cz—75의 안전장치를 상시 격발 상태로 놓고 테이프로 칭칭 감아버렸다.

그렇게 해도 오발 사고가 나지 않는 것은 cz—75가 더블 액션 타입이기 때문이다.

싱글 액션은 공이치기를 손으로 후퇴시키는 코킹(Cocking) 과정을 거친 뒤 방아쇠를 당기는 방식이며, 이 방식은 방아쇠에 걸리는 힘이 적기 때문에 격발 타이밍을 정확히 잡을 수가 있어서 초탄 명중률이 좋다.

이에 비해서 더블 액션은 방아쇠를 당기면 코킹이 함께 일어나면서 총알이 발사된다. 신속하게 초탄을 발사할 수 있지만 방아쇠에 걸리는 힘이 크기 때문에 명중률이 떨어진다는 단점이 있다.

정필을 쏘려고 했던 사내가 목과 얼굴에서 피를 뿜으며 뒤로 벌렁 자빠지고 있다.

"악!"

"끄악!"

정필은 내친김에 나머지 2명을 죽이려고 cz—75를 겨누는데 그보다 한 걸음 빨리 2명의 사내가 비명을 터뜨리며 상체가 확 젖혀졌다.

정필은 벌떡 일어나서 cz—75를 겨누면서 사내들에게 달려
가다가 두 사내의 한쪽 눈과 목에 옥단카의 머리에 꽂은 은빛
젓가락, 아니, 암기가 깊숙이 꽂혀 있는 걸 발견했다.

"크으으… 나 죽는다!"

"크아아! 내 눈……."

두 사내는 목과 한쪽 눈에 암기를 꽂고는 발버둥을 치면서
비명을 질러댔다.

정필은 가까이 다가가서 두 사내를 똑바로 노려보며 cz—75를
발사했다.

큐쿵! 투충! 충!

"끄으으……."

두 사내는 온몸을 비틀면서 떨다가 잠시 후에 축 늘어졌다.

정필은 권총을 쥔 채 쓰러져 있는 형님이라는 사내에게 가
보았다.

그는 눈을 허옇게 까뒤집은 모습으로 죽었는데 눈썹 사이
미간에 옥단카의 암기가 깊이 꽂혀 있고, 총에 맞은 콧등과
목에서 피가 흐르고 있었다.

형님이라는 사내는 정필의 cz—75에 맞기 전에 이미 옥단카
의 암기가 미간에 꽂혔었다.

정필이 몸을 날리고 땅바닥을 구를 때 사내가 권총을 쏘지
못한 이유는 옥단카의 암기에 맞았기 때문이었다. 즉, 옥단카

가 정필을 살렸다.

정필은 천천히 주위를 둘러보았다. 탈북녀들은 눈앞에서 벌어진 한바탕 살인극에 정신이 달아난 표정으로 아무도 입을 열지 않았다.

바스락……

그때 숲에서 옥단카가 모습을 드러냈는데 그녀의 오른손에는 긴 암기 두 개가 손가락 사이에 끼워져 있고 왼손에는 칼을 쥐고 있었다.

"옥단카."

정필의 부름에 옥단카는 재빨리 달려와서 그의 앞에 섰다.

"잘했다."

정필이 머리를 쓰다듬자 옥단카는 어린아이처럼 환한 미소를 지으며 그의 말을 따라했다.

"옥단카, 잘했다."

"주위를 살펴봐라."

정필이 공터 바깥쪽을 두루 가리키며 말하자 옥단카는 무슨 뜻인지 알아차리고 달려갔다.

"주위를 살펴봐라."

정필은 사람들에게 다가가며 물었다.

"모두 괜찮습니까?"

탈북녀들은 그제야 한숨을 내쉬면서 고개를 끄떡였다.

"우린 괜찮습다."

"일 없습다."

정필은 땅바닥에 내려놓은 서희에게 다가갔다.

"다치지 않았니?"

서희는 정필의 왼쪽 관자놀이가 찢어져서 피가 흐르는 걸 보고 놀란 표정을 지었다.

"오라바이, 피가 많이 납니다……."

"나는 괜찮다."

"으흑……!"

서희는 피를 흘리면서도 미소 짓는 정필을 보며 왈칵 울음을 터뜨렸다.

김길우가 걱정스러운 얼굴로 정필의 상처를 보다가 배낭에서 구급약 통을 꺼냈다.

"제가 치료하갔습다."

그때 주위를 둘러보고 온 옥단카가 정필에게 부리나케 달려오면서 품속에서 예의 금색 주머니를 꺼냈다.

정필이 땅바닥에 책상다리를 하고 앉자 옥단카가 주머니에서 무슨 가루를 꺼내 상처 부위에 솔솔 뿌리고는 헝겊에 물을 적셔서 얼굴의 피를 세심하게 닦았다.

"주변에 별 이상은 없담다."

김길우가 옥단카의 말을 통역했다.

"그런데 옥단카가 지름길을 찾았담다."

"지름길이요?"

옥단카는 '지름길'이라는 말을 알아듣고 팔을 뻗어 전진하는 방향을 가리켰다.

"지름길 찾았다."

옥단카의 학습 능력은 정필이 보기에도 놀라울 정도다.

"지름길로 가면 얼마나 시간을 단축할 수 있겠니?"

"사고만 없으면 말임다. 내일 아침 9시까지 도착할 수 있을 거람다."

"그럼 됐습니다."

김길우가 반창고를 꺼내서 정필의 얼굴에 붙이려고 하자 옥단카가 뺏다시피 해서 자기가 붙여주었다.

"시체 치우고 빨리 이 자리를 뜹시다."

조금 전에 총소리가 나서 라오스군이 달려올지도 모르기 때문이다.

"오라바이."

"응?"

서희는 정필을 불러놓고 아무 말도 하지 못했다. 그가 자기 때문에 너무 고생하고 있다는 생각에 그저 가슴이 미어질 것만 같았다.

정필은 서희를 업고 행렬의 뒤에서 묵묵히 가고 있다.

사실 그는 서희를 업고 밀림을 돌파하는 것이 그다지 힘들지는 않다.

그가 특전사에 있을 때는 이보다 더 혹독하고 힘겨운 훈련을 밥 먹듯이 해냈고 한 번도 낙오한 적이 없었다.

8박 9일 동안 실시하는 '혹한기 야외 전술 훈련'에 비하면 이건 산책 나온 것이나 다름이 없고, 완전군장으로 400km를 행군하는 '천리 행군'에 비하면 이건 소풍 나온 것 같은 기분일 뿐이다.

다만 서희의 갈비뼈가 부러졌기 때문에 매우 조심을 해야 하는 것이나, 부러진 정강이뼈에 부목을 댄 탓에 다리를 뻗은 자세인 것이 부담스럽기는 하다.

"후우……. 후우……."

정필이 규칙적으로 호흡을 하는 것은 습관적인 것일 뿐인데 서희는 그것이 힘들어서 그러는 줄 알고 미안하고 죄스러워서 어쩔 줄을 몰랐다.

"오라바이."

"할 말 있으면 해라."

서희가 또 부르자 정필은 손으로 받치고 있는 서희의 궁둥이를 가볍게 툭툭 쳤다.

"남조선에는… 아니, 대한민국에는 일부일처제입니까?"

"당연하지."

서희는 뜬금없는 질문을 했다.

"남자가 두 여자를 거느리는 거이……. 기니끼니 첩 같은 거이 없습니까?"

정필은 잠시 생각하다가 대답했다.

"그런 사람이 있을지는 모르지만 공식적으로는 없다."

"오라바이는 어떻습니까?"

"뭐가 말이냐?"

"만약… 오라바이께서 사랑하는 여자가 둘이라면 어떻게 하시겠습니까?"

문득 정필은 은애와 은주를 생각했다. 그는 은애를 사랑하고 있으면서 또한 은주도 사랑한다.

사랑의 무게나 깊이로 따진다면 단연 은애를 먼저 꼽지만 오로지 정필만 열렬히 사랑하고 있는 은주를 버리지 못하는 입장이다.

그렇지만 은애는 어느 날 연기처럼 감쪽같이 증발해 버렸다. 그것이 올해 1월 6일이었고, 오늘로써 17일째다. 어디로 사라졌는지, 언제 돌아올지도 모른다.

아무리 기다려도 은애는 돌아오지 않고 있으며 그녀를 찾을 방법도 없다.

그래서 이제 정필은 은애가 돌아온다는 것을 거의 포기하고 있는 중이다.

아마도 은애는 저승으로 갔을 것이다. 어쩌면 처음부터 그렇게 됐어야만 했고 그것이 은애가 편해지는 길이라는 생각마저 들었다.

"내가 두 여자를 사랑하고 있다면… 그리고 만약 허락된다면… 두 여자와 함께 살고 싶다."

"……."

서희는 너무 기뻐서 눈물이 났지만 거기에 대해서는 아무 말도 하지 않았다.

그 대신 자신이 누군지에 대해서 설명했다.

한서희 아버지 한용국은 북한 주체 교육의 최고 전당이라는 김일성종합대학 교수였고, 어머니 나운하는 평양음악무용대학 교수로서 한서희네 집은 북한 엘리트 가문이며 그 덕분에 평양에서 살았고 윤택한 생활을 했었다.

사건의 발단은 한서희 어머니 나운하가 특별히 총애하는 제자의 부모로부터 딸을 잘 봐달라는 뇌물로 미화 1,000달러를 받은 일이었다.

원래 북한은 밑바닥에서부터 최고 지도부까지 별별 명목의 뇌물이 성행하고 있으며, 뇌물로 통하지 않는 일은 없다고 할 정도다.

그렇기 때문에 한서희 어머니 나운하가 교수로 재직 중인 평양음악무용대학에서도 교수들이 제자들로부터 뇌물을 받는 일은 비일비재했다.

그런데 나운하가 받은 미화 1,000달러의 출처가 문제가 되었다. 나운하에게 달러를 준 제자의 아버지는 로동당 간부였는데, 김정일의 비밀 금고인 39호실 소속이었다.

그 간부는 매일 수백만 달러의 미화를 관리하다보니까 흑심이 생겨서 가끔씩 달러를 야금야금 빼냈으며, 그 돈으로 가족이 흥청망청 호사스러운 생활을 누렸다.

꼬리가 길면 잡히는 법이라서 간부는 결국 반역죄로 보위부에 끌려가는 신세가 됐고, 고문을 당하면서 자신이 어떤 식으로 달러를 사용했는지를 줄줄 실토했다.

그래서 간부에게 달러를 받은 사람들이 줄줄이 굴비 엮듯이 반역죄로 체포됐으며 거기에 한서희 어머니 나운하도 걸려든 것이다.

한 사람이 반역자가 되면 아무런 잘못이 없어도 그 집안의 가족 전체가 연대책임으로 반역자가 되는 것이 북한의 당연한 논리다.

나운하가 제자의 부모에게 뇌물로 받은 미화 1,000달러 때문에 나운하는 물론이고 남편 한용국과 자식들까지 긴급 체포되어 보위부로 끌려갔으며, 채 열흘이 지나기도 전에 정치범수용소에 보내졌다.

한편 김정일 시대를 대표하는 왕재산경음악단 소속의 가장 총애 받는 가수였던 한서희는 가족이 보위부에 체포될 당시에 중국 북경에 머물고 있었다. 왕재산경음악단이 중국 북경 공연을 왔기 때문이다.

친한 사람을 통해서 가족 전체가 반역죄로 보위부에 체포됐다는 소식을 전해들은 한서희는 그 길로 왕재산경음악단을 이탈해서 탈출을 감행했으며, 천신만고 끝에 베드로의 집에 합류하게 되었던 것이다.

"하아악… 학학…… 아이고… 더는 못 걷겠습다……."

"아아… 미카엘 선생님… 내래 죽갔습다. 고조 조금만 쉬었다 가면 앙이 되갔습까?"

밀림에 새 아침이 밝아오고 2시간이 지났을 무렵 일행은 파김치가 되어 아무 데나 픽픽 쓰러졌다.

목적지에 거의 다 왔다는 옥단카의 말을 듣고 정필은 비로소 10분간 휴식하자고 말했다.

"오라바이."

정필이 숨을 몰아쉬며 나무에 기대자 서희가 그의 귀에 입술을 대고 속삭였다.

정필은 그녀의 말을 듣는 즉시 그녀가 왜 그러는지 깨닫고 김길우에게 로프를 풀라고 했다.

로프를 푼 김길우가 서희를 조심스럽게 부축하여 바닥에 눕히자 정필의 등과 서희의 앞자락에서 물이 줄줄 흘렀다. 두 사람이 빈틈없이 밀착해 있다 보니까 땀이 차서 이 지경이 된 것이다.

정필은 지칠 법도 한데 끄떡없이 서희를 안고 숲으로 들어갔다. 그녀의 볼일을 보게 해주려는 것이다.

"에구머니……."

정필이 풀숲을 헤치면서 앞으로 나아가는데 갑자기 탄성이 터졌다. 탈북녀 한 명이 풀숲에서 궁둥이를 까고 소변을 보다가 질겁한 것이다.

정필이 서희 볼일을 봐주고 돌아오니까 옥단카가 기쁜 소식을 전해주었다.

"터터우, 목적지가 바로 코 앞이랍다. 하하하! 그걸 모르고 여기서 휴식한 검다."

휴식 시간인데도 옥단카가 앞길을 먼저 갔다가 돌아와서는 목적지가 200m 전방이라고 말해준 것이다.

약속 시간인 오전 11시보다 10분 이른 시간에 저 멀리에서 뿌연 먼지를 일으키면서 한 대의 차가 달려오고 있는 모습이 보였다.

비포장도로 옆의 숲 속에 숨어 있던 정필과 옥단카는 한 대의 소형 버스가 달려와서 두 사람에게서 20m쯤 떨어진 거리의 길가에 멈추는 것을 지켜보았다.

탁!

소형 버스 운전석에서 반팔 티셔츠를 입은 한 사내가 내리더니 주위를 두리번거리면서 담배를 꺼내 입에 물었다.

그때 숲 속에서 정필과 김길우가 나와 사내에게 걸어갔다.

『검은 천사』 7권에 계속…

박선우 장편소설
FUSION FANTASTIC STORY

멋진 Wonderful
인생 Life

태어나며 손에 쥔 것이라고는 가난뿐.

그러나 내게는 온몸을 불사를 열정과
목숨처럼 소중한 사랑이 있었다.

『멋진 인생』

모두가 우러러보는 최고의 직장이자 가장 치열한 전쟁터,
천하그룹!

승진에 삶을 바친 야수들의 세계에서 우뚝 서게 되는
박강호의 치열하지만 낭만적인 이야기!

Book Publishing CHUNGEORAM

유행이 아닌 자유추구
WWW.chungeoram.com

강준현 장편소설
FUSION FANTASTIC STORY

인생을 바꿔라

『복수의 길』, 『개척자』 강준현 작가의
2016년 신작!

자신이 무엇인지 알지 못하는 정신체, 염.
세상을 떠돌며 사람의 몸속으로 들어가
에너지를 얻고 나오길 반복하던 어느 날.

사고로 인한 하반신 마비, 애인의 이별 선언,
삶에 지쳐 자살하려는 김철의 몸에 들어가게 되는데……

"뭐, 뭐야! 아직도 못 벗어났단 말이야?"

새로운 삶을 살리라,
정처 없이 떠돌던 그의 인생 개척이 시작된다!

"어떤 삶인지 궁금하다고? 그럼 한번 따라와 봐."

Book Publishing CHUNGEORAM

유행이 아닌 자유추구 -
WWW. chungeoram.com

궁극의

Ultimate chef

쉐프

가프 장편소설

FUSION FANTASTIC STORY

태초의 우물에서 찾은 사막의 기적.
사람의 식성과 식욕을 색으로 읽어내는 능력은
요리의 차원을 한 단계 드높인다.

『궁극의 쉐프』

요리란!
접시 위에 자신의 모든 것을 담아내는 것.

쉐프란!
그 요리에 자신의 가치를 증명하는 사람.

"요리 하나로 사람의 운명도 좌우할 수 있습니다."

혀를 위한 요리가 아닌, 마음을 돌보는 요리를 꿈꾸는
궁극의 쉐프 손장태의 여정이 시작된다!

Book Publishing CHUNGEORAM

유행이 아닌 자유추구 -
WWW.chungeoram.com

철순 장편소설
FUSION FANTASTIC STORY

괴물 포식자

지구 곳곳에 나타난 차원의 균열.
그것은 인류에게 종말을 고하는 신호탄이었다.

『괴물 포식자』

괴물을 먹어치우며 성장한 지구 최강의 사내, 신혁돈.
그는 자신의 힘을 두려워한 인류에 의해
인류의 배신자라는 낙인이 찍히고 죽게 되는데…

[잠식이 100%에 달했습니다.]
[히든 피스! 잠들어 있던 피닉스의 심장이 깨어납니다.]

불사의 괴물, 피닉스의 심장은
신혁돈을 15년 전으로 회귀하게 한다.

먹어라! 그리고 강해져라!
괴물 포식자 신혁돈의 전설이 시작된다!

Book Publishing CHUNGEORAM

유행이 아닌 자유추구 -
WWW.chungeoram.com